Wilma Stockenström

Der siebte Sinn ist der Schlaf

Oktav*heft*[8]

Wilma Stockenström

Der siebte Sinn ist der Schlaf

Roman

Aus der englischen Fassung von J.M.Coetzee
übertragen von Renate Stendhal
Mit einem Nachwort von André Brink

Verlag Klaus Wagenbach Berlin

Also mit Bitterkeit. Aber die habe ich mir verboten. Dann eben mit Spott, der umgänglicher ist, der sich durchschaubar macht und dem es gleichgültig ist; und wie ein Vogel ins Nest kann ich in meinen Baumstamm zurückschlüpfen und in mich hineinlachen. Und ebenso gut still sein, vielleicht einfach still sein, um mich hinauszuträumen, denn der siebte Sinn ist der Schlaf.

Früher war die Zeit oft ein Problem, als ich immer noch mehr wollte als Tag und Nacht. Als ich vom Zählen besessen und unsicher war, ob die Zeiten meines Dösens bei Tag zur Nacht zu zählen wären. Als die Nacht das Ereignislose und der Tag das Prallvolle war. Schlaf zur Nacht zu zählen. Wie ich meine Nächte manchmal hinauszögerte, mich in das tiefste Dunkel der Höhle zu dem kleinstmöglichen Bündel zusammenkrümmte, die Stirn gegen die Knie gepresst, um das Nagen in mir abzutöten. In wirre Gedanken verstrickt und endlich auf eine Farbe fixiert, an der ich mich festhielt, um später sagen zu können, mein Schlaf war blau oder lebendig rot wie Blut oder ein Übergangston, ein Grau. Ich erwachte zerschlagen, richtete mich benommen auf, schwankte und setzte einen staubigen Fuß unter die mächtige Assagai-Klinge des Sonnenlichts, die sich den Tag lang mit unausgesetzt mörderischem Druck in mein Dasein bohrt.

Das war die Zeit vor den Perlen. Mit der Zeit nach den Perlen ist leichter umzugehen. Wenn ich mir jetzt so häufig Schlaf gönne, ist es kein Zufall und schon lange keine Ausflucht mehr. Nur dann lebe ich, sage ich mir.

Die Perlen brachten mich zu dem Entschluss, mich um eine Zeiteinteilung zu bemühen. Ich las sie vor einigen Tagen auf und kam erst später auf die Idee. Ich legte den neuen Fund zu dem Haufen Tonscherben, die ich aus Neugier auf meinen unterschiedlich langen Ausflügen von dem Baum aus gesammelt hatte, auf zögernden, gelangweilten, unbefriedigenden Ausflügen weg von dem Pfad zum Wasser, den ich mir inzwischen fast sichtbar ausgetreten hatte.

Wie die wilden Tiere bahne ich mir meine Pfade. Diese Erkenntnis kam später. Wie die Schopfantilope. Nein, nicht wie die Schopfantilope oder das Zebra, nicht wie der Büffel oder andere Herdentiere, die sich mit ihren Sinnen ergänzen, Gefahren gemeinsam trotzen und überleben, wozu sie allein zu schwach wären, und die dennoch als Einzelwesen zur Beute werden und die dennoch allein sterben, jedes zu seiner Zeit. Ich trete meine eigene Fährte aus, so deutlich zweckgeprägt, dass ich weiß, ich habe schon lange in dieser Gegend verweilt, oder vielmehr ist es nie eine Frage des Verweilens gewesen. Eher sollte ich sagen: Auch ich überlebe hier, aber ich auf mich allein gestellt. Und selbst an Tagen, wenn es sich anfühlt, als lägen überall unter der Erde Schlangeneier, selbst dann muss ich mich allein durchschlagen und zusehen, dass ich nicht auf sie trete.

Mein Pfad zum Fluss, von meinem so leichten Tritt geformt, wie er sich schmal, in leichten Windungen um

Busch und Baumstamm und durch Ebenen mit flachen Gräsern schlängelt, wo rot der erste Winter liegt – mein Pfad läuft plötzlich einen letzten Abhang hinunter auf sonnenglitzerndes Wasser zu, so breit wie meine ausgestreckten Arme zwischen den beiden jungen Matumibäumen, die meine Trinkstätte bewachen. Weiter stromabwärts wasche ich mich. Stromaufwärts, wo der Bach in den Fluss mündet, ist die Elefantenfurt.

Damals, als ich fast unter die Füße der Herde geriet, dachte ich gerade an ein Rätsel, das wir jungen Mädchen uns immer stellten: Was trägt sein Leben mit sich im Bauch herum? Vermutlich waren es all die rumpelnden Bäuche, die mich einen Moment lang in ängstliches Kichern versetzten und mir dann in meinem ärmlichen Versteck, nur durch einen Steinwall und Schilfgräser von ihnen getrennt, die Kehle zuschnürten. Die Horde von Füßen trottete federnd an mir vorbei in die Wasserlache, das Wasser spritzte, und sie badeten in aller Ruhe. Ich sank in mich zusammen. Kein Mensch wächst unter so strenger Hut auf wie ein Sklavenmädchen. Ich kann auch hinzufügen, niemand wächst so unwissend auf wie ein Sklavenmädchen, und selbst ich, die leuchtende Ausnahme, habe offensichtlich keine Ahnung von wilden Tieren und ihren Gewohnheiten, sondern mein Wissen beschränkt sich auf ein paar Kenntnisse aus dem Elfenbeinhandel. Elefanten verschlucken jede zweite Jahreszeit einen Stein, und die Steine poltern ihr Leben lang in ihren gewaltigen Bäuchen herum, poltern und poltern. Alles unbegreiflich Große reduzierte ich auf lächerlich Kleines, um es aufnehmen und mir meine Macht darüber beweisen zu können, während ich komisch gekrümmt hinter Stein und Schilf kauerte, eine Schnecke ohne Haus, ein dünn gepanzerter Käfer von der Größe des obersten Glieds meines kleinen Fingers, mich ängstlich tot stellend, darauf wartend, dass das ausgedehnte Geplantsche aufhörte, damit ich wieder aufstehen und umherblicken könnte wie ein Mensch. Ein letztes Trompeten vom Ufer gegenüber, dann richtete ich mich mit steifen Knochen auf, rieb mir den feuchten Sand ab und zitterte in der Brise, die das Schilf beugte.

Jetzt lebe ich in Freundschaft mit der Herde, deren Furt und Badeplatz ich unbefugt betreten hatte. Das Wort Freundschaft ist allerdings eine Übertreibung. Ich lebe. Sie leben. Sei's. Manchmal sehe ich von meiner Anhöhe, wie sich ihre runden Rücken in dem weit entfernten Glitzern des Wassers im Kreis bewegen, ich höre das Trompeten, sehe, wie sich zwei Stoßzähne für einen Augenblick heben, und bemühe mich immer noch, dieses Schauspiel mit dem glatten Armreif in Zusammenhang zu bringen, den ich früher tragen durfte. Es gibt Zusammenhänge, die sich mir entziehen.

Wenn ich nicht einmal über die kurze Strecke vom Eingang des Baobabs bis zu dem Haufen Tonscherben und meinen anderen Fundorten Bescheid wissen kann – so viele Schritte hin, so viele zurück –, wie soll ich dann wissen, welcher Teil meiner Reise, die mir manchmal schon wie ein ganzes Leben erscheint, immer noch weitergeht, selbst wenn ich jetzt immer nur um ein und denselben Ort kreise?

So viele Schritte mit Füßen, die schon ermüden. Was glaubte ich eigentlich zu sammeln, als ich das alles hierhertrug ...? Was glaubte ich zu erreichen – mit Schutt ...? Zeit wird zu Perlen und somit zu Schutt.

Auf den vielen Pfaden meiner Erinnerung tauchen bedrohliche Wesen auf, die jeden Blick zurück verstellen. Ich kenne diese Wesen. Ich kann ihre Namen nicht nennen. Sie nehmen langsam vor mir Gestalt an, in menschlicher Form oder manchmal wie eine behaarte Mauerecke oder die rollende Öffnung einer Hütte, die mich verschlingen und mit sich fortziehen will, ein Loch, das voller Wut heranstürmt, ungeheuer schnell heranstürmt und dann einen Meter vor mir plötzlich mit einem Schlenker ausweicht, stillsteht und mich lockt. Manchmal auch wie eine stille Verfälschung meiner Erwartung, gefolgt von spürbarer Niedergeschlagenheit, wenn sich die vielen scharfen Zangen, die mich umklammern, in die schlaffen Ranken eines Dickichts verwandeln; wenn der ganze Spuk einfach wieder verschwindet und ein unergründliches Grau hinterlässt. In meiner Erinnerung kreuzen und verschlingen sich mehr Pfade, als ich je in meinem Leben gesehen habe. Welcher Fährte hätte ich nicht zu folgen vermocht, wäre es mir vergönnt gewesen, wäre mein Spürsinn nicht so häufig durchkreuzt worden und die Spur in mir im Sande verlaufen?

Alle möglichen Pfade, die nirgendwohin führen, gehen strahlenförmig von meiner Behausung aus. Niemand hat sie angelegt. Sie kamen von selbst. Natürlich benutzte ich die Tierpfade, als ich hier ankam, denn außer ihnen gab es nur noch die Pfade ins Nichts, aber ich kam sehr bald zu dem Schluss, dass meine Art zu denken mit der der anderen Lebewesen nicht übereinstimmte. Also suchte ich und bahnte mir einen Weg und fand.

Fand, sage ich. Grauenhaft.

Das Wichtigste von allem, Wasser, brauchte ich nicht zu suchen. Es ist reichlich vorhanden. Es ist sichtbar und hörbar. Ich schöpfe die dahinplätschernden Wellen des Bachs mit meiner Geschenkschale, einem Straußenei, das ich gegen die Strömung durchs Wasser ziehe. Ich halte die Schale in den klaren Wasserstrahl, der über einen kantigen Stein hüpft, um das Licht und das Geräusch aufzufangen. Immer von neuem schöpfe ich und gieße das Glitzern und Murmeln des Wassergeists in meinen Geschenktopf aus Ton. Dann hebe ich das volle Gefäß langsam mit beiden Händen auf den Kopf, beuge die Knie, um meine Schöpfschale aufzunehmen, und gehe den Wasserpfad zurück zum Baobab.

Fand: alle mögliche Veldnahrung; und ich fand heraus, dass ich sie mit den Tieren um die Wette abriss, ausgrub und pflückte, dass die Bäume nicht zum Stillen meines Hungers Knospen und Blüten treiben und Früchte tragen, dass Knollen und Wurzeln nicht für mich unter der Erde schwellen, dass die schwarze Akazie ihren Nektar nicht zu meiner Freude herabtropfen lässt und die Schirmakazie nicht an lebenswichtigen Punkten mitten in Schattenflecken steht, um mich zu erfrischen, dass die gefleckten Orchideen nicht zu meinem Vergnügen ihre Pracht entfalten und der Kreuzblumenbaum im Frühsommer seine Duftzelte nicht für mich aufschlägt.

Wenn die Warzenschweine gegrast haben, durchkämmt eine Anfängerin das schon von Experten abgesuchte Veld; sie kniet nieder wie sie, versucht, einen Stock in den harten Boden zu bohren, wo ihr Stoßzähne fehlen, versucht, ihre Augen zu gebrauchen, wo sie keinen auf essbare Knollen und Wurzeln abgestimmten

Geruchssinn besitzt, und erntet am Ende nichts als eine Handvoll. Wenn die Paviane gegrast haben, dieselbe Prozedur, nur vergewissert sie sich gründlich, ob sie ihr aus dem Weg sind, bevor sie sich in ihr Revier wagt.

Ich fürchte die Grimasse des Pavians mehr als die Stoßzähne des Warzenschweins und Buschschweins. Er ist zu sehr wie ich. Ich fürchte meine Selbsterkenntnis in seinem hässlichen Gesicht. Es erinnert mich an meine unterlegene Position hier, daran, dass ich weniger weiß als er. Ich fühle mich davon verhöhnt, in seiner Monstrosität meine Launen und Begierden widergespiegelt zu sehen, die Lächerlichkeit meiner Kultiviertheit und die Demonstration ihrer Überflüssigkeit in seiner vulgären Hand-und-Knie-Karikatur. Ich verachte ihn, seine Stärke, seine selbstverständliche Beherrschung dieser Welt. Ich verachte die Paviane ein für allemal. Diese Fresssäcke mit ihren fetten Backen, sie widern mich an. Ihre hässliche Paarung in aller Öffentlichkeit und das erniedrigende Gebettel der Weibchen und wie sie sich unter den harten Händen der Männchen bücken, das heisere Gezeter und die engstehenden Augen, wie man sie bei Wüstlingen findet – und ich halte es auch für ein Zeichen von Gier. Ich weiß für mein Gefühl zu viel von ihnen. Im Käfig würde ich über sie lachen können. Was sie allerdings über mich wissen, verraten ihre langen Seitenblicke nicht. Ich vermute, ich bin nichts weiter als ein Störenfried für sie. Eine Außenseiterin, weit außerhalb ihres Lebensbereichs.

Nur wenn ich schlafe, weiß ich wirklich, wer ich bin, denn ich herrsche über meine Traumzeit und bewohne sie zufrieden. In den Zeiten meines Träumens habe ich mich nötig.

Einmal, in überstürzter Flucht vor dem Leittier eines Schwarms von Sichelstrandläufern, geriet ich auf eine flachgetretene Stelle – sie erschien mir flachgetreten –, stolperte, schlug lang hin und japste nach Atem. Ich sah mich um. Mein Herz schlug mir bis in die Fingerspitzen. Meine Atemstöße bliesen gegen zitternde Halme im trockenen Gras.

So lag ich lange, mit der Ergebenheit eines Aasfressers, für den Hunger etwas Gewohntes ist, etwas, das darauf warten kann, gestillt zu werden. Dann sah ich etwas Glänzendes, kleine Lichtperlen schienen grün und schwarz zwischen meinen Wimpern hindurch, und das Licht wurde zu soliden Perlen, als ich mit der Fingerspitze die Grashalme teilte und sie berührte. Ich setzte mich auf und kratzte die Perlen aus dem Staub und den trockenen Wurzeln. Sie lagen auf meiner Handfläche, zwei schwarze und eine grüne. Ich nahm die unnütze Entdeckung mit zurück zum Baum.

Sie waren so klein wie Blütenstaub. Ich untersuchte sie. Ich reihte sie in der durch ihre Zahl und Farbe begrenzten Anzahl von Mustern auf. Ich lernte sie genau kennen. Am nächsten Tag wollte ich dahin zurückkehren, wo ich sie gefunden hatte, aber die Richtung war mir entfallen, und ziellos suchte ich in der Hoffnung, einen Baum oder Felshang wiederzuerkennen. Denn es war in der Nähe eines kleinen Hügels gewesen, das wusste ich noch, und ich erinnerte mich an die weiße Wurzelleiter, die eine Bergfeige an einer Felsfront hochgewoben hatte; aber ich fand nichts. Ich streifte kreuz und quer durch das Veld, so, als hätte ich ihm noch kein System aufgezwungen, genau wie am Anfang, als ich hier eingetroffen war.

Ganz am Anfang hatte es keine Zeit gegeben, weil für eine Zeiteinteilung keine Zeit war, und es hatte keine Kategorien gegeben, weil das Herumscharren zum Überleben alle Unterscheidungen auslöschte. Jetzt kann ich mir den Luxus zu klassifizieren ebenso erlauben wie eine wohlerwogene Anwendung meines alten und neuen Wissens. Ich kann sogar Betrachtungen über mein Tun anstellen. Ich kann meine Gedanken in eine logische, gleichmäßige Folge bringen, ohne Wellen und Kräusel; ich kann sie rund machen wie ein Tongefäß und kühl und klar wie Wasser; ich kann die Tülle des Tongefäßes herausragen lassen wie eine Abflussrinne für die Ungewissheit blauer und schwarzer Luft, die in mich eindringt und mich bis oben hin füllt, wenn ich mich nicht vorsehe. Und ich fülle meine Gedanken mit allen möglichen Gegenständen, reihenweise, endlos, zahllos, und danke der Vorsehung, dass ich an genügend Dinge zu denken vermag, um alles auszulöschen, und obendrein noch Gegenstände dazuerfinden kann, wenn sich die erinnerten erschöpft haben. Ich besitze gute Mittel gegen das Leersein.

Hier nun die kleinen Perlen, die ich nicht zu erfinden brauche und die denen gleichen, die ich früher oft an Hals und Handgelenken von Männern und Frauen gesehen habe. Einst wurden sie als Tauschobjekte benutzt, genauso wie ich zum Tausch für irgendetwas diente. Natürlich habe ich keine Ahnung, welchen Wert ich damals oder jemals hatte. Ein Stück Ringgeld. Unzählige Stücke. Etwas anderes, worüber ich wenig weiß, ist der Umgang mit Geld. Es war das Privileg des Sklavenmädchens, dass mir alles gegeben wurde. Das Dach über meinem Kopf. Der Stoff um meinen Körper.

Zu essen – in meinem Fall reichlich. Wie glücklich ich war.

Die Perlen sind so winzig, dass sie auf dem Astknoten, wo ich sie aufbewahre, kaum zu sehen sind; aber ich könnte sie mit geschlossenen Augen finden. Ich kenne das Innere meines Baums wie eine Blinde ihr Haus, ich kenne seine glatten Flächen, seine Höhlungen, Schwellungen und Kanten, seinen Geruch, seine Dunkelheiten, seine mächtige Lichtspalte, wie ich die Hütten und Räume nie gekannt habe, in denen ich schlafen musste; wie ich nur etwas kennen kann, das mir gehört, mir allein – mein Wohnort, in den niemals jemand anderes eindringt. Ich kann sagen: Das bin ich. Das sind meine Fußabdrücke. Das ist die Asche meiner Feuerstelle. Das sind meine Mahlsteine. Das sind meine Perlen. Meine Scherben.

Ein glorreiches Wesen bin ich in meiner grauen Baumhaut. Wenn ich in der Öffnung erscheine, stehe ich stolz da. Im Nachhinein habe ich allerdings den Verdacht, dass ich in der mühelos erworbenen Haltung scheinbar lässiger Erwartung posiere, wie ich sie vor meinen Eigentümern einzunehmen gelernt hatte – im Bewusstsein, Eindruck zu machen, und gleichzeitig insgeheim von Verachtung erfüllt, weil ich dieses winzige Fetzchen Macht besaß.

Aber hier stehe ich gebieterisch und blicke über das Veld, und jedes Mal, wenn ich hinaustrete, gehört die Welt mir. Jedes Mal, wenn ich aus dem schützenden Innenraum des Baums trete, bin ich wieder ein Mensch und habe Macht; ich schaue weit über die Landschaft mit all ihren Schnörkeln von Pflanzen und Tierherden und den purpurnen Flecken der Hügel, die sie am

Horizont einzugrenzen suchen. Jedes Mal aus dem Bauch des Baobabs wiedergeboren, stehe ich hier im Vollgefühl meiner selbst. Die Sonne zeichnet meinen Schatten. Der Wind kleidet mich. Ich zeige in die Luft und sage: Luft, mach mich leben! Und wenn der Morgenrötel ruft, ruft er in meinem Namen. Ich bin alles, was es gibt, ruft er.

Nicht alles. Nein. Wenn es hier immer noch Menschen gibt. Nicht alles.

Wie lächerlich die Perlen sind, die ich entdeckt habe, verglichen mit denen, die ich früher trug, große, ovale rotgelbe Glasperlen, die mir wie reife Beeren um Hals und Handgelenke hingen und den Elfenbeinarmreif an meinem Oberarm und mein gelbbedrucktes Seidengewand ergänzten. Ich war strahlend schön. Ich lachte ein perlweißes Lachen. Ich war ein Objekt zum Herumzeigen, so blühend jung, wie ich es damals war. Meine Makellosigkeit, meine Glattheit, meine noch ungebrochene Ganzheit. Ich war die beneidete Nicht-Beschnittene. Ich war die Begehrte. Ich war zu jung, als dass ich mir etwas daraus gemacht hätte, geschweige denn, es verstanden hätte. Ich war ein Kind. Solch ein Kind, solch ein Kind. Selbst dann noch ein Kind, als ich mein eigenes Kind trug.

Mit Dankbarkeit erinnere ich mich an die Frauen, die mich mit ihren besänftigenden Gesten einweihten. Nur hier und da erhaschte ich eine Anspielung, einen Tonfall oder eine Betonung, denn sie sprachen eine Sprache, die mich wie ein Wasserfall überströmte, aus ihren Mündern fallend, unaufhörlich fallend. Wer waren diese Frauen, die mich angenommen hatten, mich umhegten und mich das Spiel mit den Männern lehrten? Ich wurde mit Geschenken überhäuft, um mich attraktiv werden zu lassen. Damals hielt ich sie für Geschenke. Ich klammerte mich an diese Frauen und bemühte mich, folgsam zu sein. Manchmal schalten sie mich. Dann öffneten sich ihre Lippen und ein Knurren und Knattern kam heraus. Aber die Tränen wurden mir fortgeküsst, es gab ein freundlich rasselndes Gelächter, sie hoben mich auf ihren Schoß, drückten mich an sich, und ich liebte sie wie ein Kind, das sich wieder sicher fühlt, kletterte von Schoß zu Schoß und klimperte mit ihren Armreifen. Indem sie so mit mir spielten, unterwiesen sie mich, damit ich mich einmal an die Ekstase und die Qual erinnern würde und doch innerlich unberührt bliebe, ganz bliebe – ich selbst. Ich rufe mir euch in die Erinnerung zurück. Ich kann mich an eure Gesichter nicht erinnern, aber das macht nichts. Ich erinnere mich an eure wunderbare Zuneigung. Ich frage mich, ob ihr jetzt alt und traurig seid, ob ihr noch in dem Haus lebt, das euer Schicksal war, und ob ihr euch an mich erinnert, eine der vielen, die eurer besonderen, sanften, spielerischen Obhut anvertraut wurden, und ob ihr jemals versucht habt zu erfahren, was mit uns allen geschah. Ob es euch gleichgültig war.

Ich habe eure Lehren nie vergessen; selbst jetzt könnte ich noch lüstern lachen, wenn ich es müsste, könnte mich selbst jetzt noch geschmeidig wie eine Katze anschmiegen oder mich entwinden oder meine Intensität je nach der Situation mäßigen oder steigern; aber das ist jetzt alles überflüssig.

Jetzt lebe ich in einer Baumhöhle mit dem Schlaf als undurchdringlicher Lösung. Ich lebe in einer Zeit, der ich selbst das Maß gegeben habe, anfangs mit drei, dann mit immer mehr Perlen, bis ich mir die besten der grünen für meine Einteilung aussuchte. Am Anfang also vergingen zyklisch ein grüner und zwei schwarze Tage, später einfach eine Reihe grüner Tage. Dann wurde ich all der grünen Tage müde und variierte sie, je nach Laune und Zufall, mit Schwarz in jeder erdenklichen Reihenfolge und Zahl. Meine Tage wurden zu Gruppen. Es war bereits eine Methode, der Unbestimmtheit der Zeit zu begegnen, die sich im Lauf der Dinge verbirgt. Die Zeit bedrohte mich. Sie wollte mich auslöschen. Ich glaubte, sie hintergehen zu können, indem ich mein System ab und zu änderte. Nie wusste die Zeit, was ich mir als nächstes einfallen lassen würde, da ich am Morgen, wenn mich Licht und Vogelgezwitscher weckten, selbst noch nicht wusste, was ich mir mit der Zeit einfallen lassen würde, da ich nach Feuerholz suchte, wenn es nötig war, Wasser holte, wenn mein Vorrat zur Neige ging, nach Nahrung suchte, wenn es sein musste, aß, wenn ich hungrig war, und schlief, wenn mir vor Müdigkeit die Glieder schwer wurden. Und ich träumte und döste in Rosenquarz.

Ich war nahe daran, mein Spielzeug zum Zählen wieder zu vergessen, das sich zu jener Zeit auf bloße drei beschränkte und mich auf dem Knoten im Innern des Baums zu langweilen begann, als ich eines Tages an verschiedenen Stellen weitere Tonscherben und Perlen sowie Kupferdraht auflas und alles mitnahm. Ich legte den Rest Scherben und Perlen zu dem Haufen – Überbleibsel von Bewohnern, die ich verwünschte, weil sie nicht mehr hinterlassen konnten als dies, Tonscherben, die nicht zusammenpassen und etwas rundes Ganzes ergeben wollten, erbärmlicher Schmuck, den ich gereizt auf Halme aufzog und um den Hals trug, rostige Kupferdrahtringe, dick und schwer wie Halseisen, mit denen ich nichts anzufangen wusste – und weiter nichts in meiner Nachbarschaft. Weiter nichts – oder streifte ich über Gräbern umher? Weiter nichts – oder wanderte ich über im Staub versunkene, von Pflanzen überwucherte Mauern hinweg? Zog ich vielleicht über Höfe und Plätze, Festungswälle, Terrassen, Wasserleitungen, Hallen und Hütten, Siedlungen und Straßen, die, von Wintern und Sommern vereinnahmt, zur Bedeutungslosigkeit verfallen waren? Oder streifte ich über den Ort, nach dem wir blindlings gesucht hatten, dieses längst der gnadenlosen Sonne preisgegebene Ziel? Dieses Gebiet mit seinen Streifen von Gestrüpp und Dornengras, seinem seitlich hinter Ripinien und Ranken verborgenen Bach, seinen Hügeln mit flachen Kämmen, auf denen sich riesige runde Felsen türmten – das Gebiet meines turmhohen Baobabs? Szenerien, durch die wir betäubt, verängstigt geirrt waren? Gebiet von Raubtier und Beute?

Ich sehe blutige Vernichtungskriege vor mir. Dürrekatastrophen. Eine Epidemie. Ich stelle mir unermüdliches Streben vor, gefolgt von Zusammenbruch und Verzweiflung. Und dann nichts, nur ein winziger Rest, der mir nicht weiterhilft, so sehr ich auch glauben möchte, dass ich einen Weg gefunden habe, die Gefahr der Zeitlosigkeit durch eine Ordnung zu bannen. Weil ich mich weigere, ein bloßes Gähnen in dem trägen Vorbeigleiten der Tage zu werden, ein kurzer Luftzug, ein unbedeutender Schlag im Rhythmus, ein Phantom im Riss der Unendlichkeit.

Zu dürftig ausgerüstet, um selbst etwas herzustellen, benutzte ich Erzeugnisse vergessener Menschen, um mir die Zeit zu vertreiben, die Zeit zu verdichten – in der bitteren Erkenntnis, dass sich damit an der Nichtigkeit nichts änderte. Aber es tat mir gut, mit ihnen umzugehen, mir über sie Gedanken zu machen und meiner Phantasie, noch durch Erinnerungen aus einer anderen Art von Zeit gespeist, freien Lauf zu lassen.

Denn einzig mit Erinnerungen ausgerüstet landete ich hier, ein halb verhungertes, abgerissenes Wesen, das sich fiebernd vor Entbehrung durch Ebenen und Täler gekämpft hatte und auf einen stetig zurückweichenden, immer wieder um Tageslänge entfernten Horizont zu stolperte, um schließlich von einem Baum verschluckt zu werden. Barmherziger Unterschlupf, barmherzig kühles Obdach, mit Wänden, trichterförmiger Decke und Erde als Boden entfernt an ein Haus erinnernd, eine riesige, von Ästen und Blättern gekrönte Hütte.

Verflucht sei das Irrlicht, das mich hierher verleitete, dieser Reisende, der durch mein Leben und die Leben anderer zog, an dessen Lippen ich hing und dem ich sklavisch gehorchte, blind vor Besessenheit, verstört, von Sinnen. Fluch über ihn, der aus unserem Opfer ein Schauspiel machte, der der Härte unserer Existenz den Reiz des Verstehens verleihen wollte. Fluch über die reizvolle, sinnlose Selbsterkenntnis, die ihn getötet hat. Oh, das Gerede, dies Gerede, dies Allwissen, das alles erforschende Bewusstsein, das nichts erklären konnte, am allerwenigsten den Verrat an Gefährten und Gefolgschaft. Oh, die Machtlosigkeit des Verstandes!

Der Fremde in seiner msasa-roten Kleidung – von Anfang an war ich von seiner geistreichen Art bezaubert. Er konnte jede allzu trübsinnige Unterhaltung mit seiner scharfen Zunge beleben. Er wusste mehr von der Welt als die disputierenden Poeten und anderen geistigen Größen, die im Haus meines Besitzers, des reichen verwitweten Kaufmanns, ein- und ausgingen und meine wohlzubereiteten Mahlzeiten verspeisten, wofür sie ebenso zahlten wie für den Verkehr mit seinem hübschen Sklavenmädchen, das sie so geistreich unterhielt. Der Verkehr beschränkte sich allerdings darauf, sie anzusehen und zu begehren und bestenfalls in der Annahme, der Gastgeber blicke gerade in die andere Richtung, den tollkühnen Versuch zu unternehmen, sie zu streicheln. Dieser jedoch, in seinem Msasa-Rot, seinem Wassergrün, seinem Flammengelb, dieser Fremde mit seinen goldgesprenkelten Ketten und schmalen Goldarmreifen war äußerst belesen und gab sich in geschäftlichen Dingen selbstsicher und bestens informiert. Er kam ungefragt mit Erwiderungen, brachte langwierige Gedanken kurz auf den Punkt und ließ die Streitgespräche immer wieder ironisch enden. Was ihn nicht gerade beliebt machte bei unseren großen Geistern, die sich erfolglos bemühten, ihn aufzustacheln, um ihn bei frevlerischen oder aufrührerischen Gedanken zu erwischen. Sollen die Götter ruhig über uns hinwegsehen. Sie wissen, was sie sehen. Behauptete er. Lassen wir die Vorfahren in Frieden. Ihre Fürsprache ist nicht nötig, wenn man ein untadeliges Leben führt.

Ist es nicht so, fragte er. Ist es nicht so.

Neu und hell wie der Blitz brachte er es mir zu Bewusstsein.

Also auch die Fürsprache der Propheten und der Angehörigen der Propheten, die Vermittlung der vereinigten Götter, die Fürbitte gottesfürchtiger Menschen oder die Morallehren, die aus der Erfahrung derer zu ziehen sind, die ihre Stammesgeschichte zur Religion erheben – all das ist interessant und möge es noch lange bleiben. Und morgens und abends eine Gottheit anzurufen, ist schöne Musik, ein wohlklingender Teil der Geräusche, mit denen der Mensch beweist, dass er nicht nur an seine Ernährung und Fortpflanzung denkt, sondern sich auch als unsterblich betrachtet und folglich nach angemessenen Mitteln sucht, um sich ein angenehmes Leben nach dem Tode zu sichern. Sollen sie nur. Sollen sie um jeden Preis.

Und sollen die Kaufleute ruhig weiter handeln. Sie sorgen für diesen ganzen Wohlstand – und mit einer beredten Geste reichte er dem übellaunigen Dichter zu seiner Rechten eine Porzellanplatte mit in Sesamöl und Kokosmilch gedünsteten Garnelen und Reis, während er in meine Richtung lächelte. Ich glaubte, er zwinkere mir zu.

Mein Besitzer heftete seinen höhnischen Blick auf mich. Er winkte mich zu sich, und seine kupfernen Armreifen rutschten ihm vom Handgelenk zum Ellbogen, so dünn war sein Arm geworden. Ich nahm den Palmwedel auf, um ihn zu fächeln. Seine Oberlippe war feucht vor Schweiß. In dieser Nacht würde er wieder vor Fieber zittern. Er war bereits ein kranker Mann gewesen, wahrscheinlich sterbenskrank, als ich zu ihm kam und es wagte, seine jüngste Favoritin zu werden. Mit langem, gleichmäßigem Wedeln versuchte ich, die schwere Luft um sein Gesicht zu bewegen. Er hatte seine Mahlzeit nicht angerührt, nur aus einer Schale Wasser getrunken. Arme Kreatur, die nun das Leben eines reichen Mannes – das Schauspiel solchen Überflusses vor

Augen – unerbittlich aushauchte. Macht und Einfluss entwichen ihm aus Mund und Nase. Wenn er nicht wie unter einem Bann dasaß und döste, öffneten sich seine Lider einen Spalt breit, und in seinen verhangenen Augen trieben angesammelte Erinnerungen ihr Spiel, während er vermutlich seine Gäste, seine servierenden Sklavenmädchen, seine in Luxus und Stolz versammelten Söhne und Töchter beobachtete. Und was war es, was seine ausgemergelten Finger einzufangen suchten? Einen Schmetterling? Die Salzbrise? Ein Frauenlachen?

Das Gespräch erlahmte. Er bat, in sein Zimmer getragen zu werden. Ich sage: bat, nicht: befahl. Er bat mit einem Flüstern darum.

Mit ihm alleingelassen, hielt ich ihn fest in den Armen und besänftigte ihn, denn er begehrte gegen seine zunehmende Schwäche auf und war viel zu unruhig; doch dann ließ ich ihn aus Mitleid gewähren, sah ihm zu und verstand auf einmal, wonach seine Hand griff. Er versuchte, das feine Gewebe zu zerreißen, das der Tod um ihn spann. Wenn er in seinen Krämpfen hochfuhr, erzitterte das Gewebe und schimmerte in hinterhältiger Erwartung. Dichter und dichter spann es sich um ihn, so dass die bedrohlichen Geräusche von außen nicht mehr einzudringen vermochten und das Gemurmel der Leute, die um ihn bangten und die sich sorgen mussten, weitab von dem lautlosen Ring seines Todes blieb.

Ich ließ den Kranken sich zwischen meine hochgezogenen Knie schmiegen und seinen Kopf an meine Brust legen. Ich flüsterte unzüchtige Geschichten in seiner Sprache, die ihn in meinen Armen selig lächeln machten. Ein zusammengeschrumpftes Baby – was für eine leichte Geburt für mich. Ich säugte dich mit der Todesmilch der Gleichgültigkeit, denn sie konnte deinem ausgetrockneten Körper nichts mehr anhaben, und vielleicht war dies deine Art zu gehen, die Befreiung von jeglicher Barmherzigkeit. Mitleid hätte deinen Abschied nur schmerzlich hinausgeschoben.

Eines Morgens stieg ich zur höchsten Terrasse auf den Dächern des Hauses meines Besitzers hinauf, um die morgendliche Frische einzuatmen und über die Stadt, das Meer und die auf den Sand gezogenen Skiffs zu blicken. Einige davon gehörten ihm, dem ich gerade für immer Lebewohl gesagt hatte, und würden jetzt wahrscheinlich verkauft, genau wie ich. Meine Zukunft und die Zukunft meiner Mitsklaven, Frauen wie Männer, die der Skiffs dort drüben im rosigen Tagesanbruch ebenso wie die der Läden mit Elefantenstoßzähnen, Amber und Eisen, die Zukunft des großen Hauses, das jetzt endlich in Trauer tauchte, und seines duftenden Gartens dort unter mir waren einem ungewissen Schicksal ausgesetzt. Nur die, die etwas besitzen, haben auch Sicherheit. Für mich gab es nur Unsicherheit. Ich wartete, erwartete zu seufzen. Ich wartete darauf, dass sich meine Gefühle Bahn brachen. Es war an der Zeit.

Ich, die ich aus dem Herzen des Landes stamme, trage das Murmeln von Wasser verborgen in mir, ein Wasserwissen, das sich in meinen Tränen, meinem Speichel, im Blut meiner Adern und in allen Säften meines Körpers erhalten hat. Ich, die ich mit meinem Wasserwesen Fieberanfälle löschen konnte, fand mich in der morgendlichen Stille haltlos weinend über so vieles gleichzeitig, dass ich meine wirren Gedanken lieber zu Tode geschluchzt hätte, als nach einer Erklärung für all das zu suchen, was ich an Trauer, aber auch an Erleichterung empfand, an Angst vor der Zukunft, aber auch an simplem Glück über die Reinheit des Morgens nach der Schwere der endlosen Tage am Krankenbett.

Ich trocknete mir die Augen und Wangen mit einem Zipfel meines Kleides und stieg wieder zurück in den Garten. Ich musste herausfinden, was weiter geschah. Ich ging zum Strand hinunter, und da mein Ruf hinüber zu der einsamen Dhau in der Bucht unbeantwortet blieb, wanderte ich von dort durch das verwahrloste Hafenviertel in der Hoffnung, dass meine Abwesenheit in der Aufregung und verminderten Wachsamkeit nach einem so wichtigen Todesfall nicht bemerkt würde. Und selbst wenn sie bemerkt würde, was kümmerte es mich. Ich war wie erschlagen vor Kummer und mehr noch vor Sehnsucht, und es war mir gleichgültig, ob es jemand sah. Meine Sehnsucht war eine harte, kleine, tief in mir verborgene Nuss. Es kümmerte mich nicht, wer davon wusste. Denn jetzt, nach dem Hinscheiden meines Wohltäters, war dieses Gefühl meine einzige Sicherheit und half mir, meine Furcht vor dem, was vor mir lag, zu vergessen. Leichtsinn vielleicht, wäre ich eine Frau gewesen, die über ihr eigenes Schicksal bestimmen kann, doch sicher ein zulässiger Ausweg für die Klasse der Leibeigenen, zu der ich gehörte. Mich lächerlich zu verlieben und nach Glück haschen zu wollen, wo das Glück um Haaresbreite sichtbar auf mich wartete und der Zeitpunkt möglicherweise günstig war.

Ich suchte also den Mann, in den ich mich verliebt hatte. Ich hörte ihn hinter einer schweren, reich geschnitzten Teakholztür lachen, in geheimer Beratung, in seinem Leben fern von mir. Ich sah ihn um eine

Ecke verschwinden. Ich spürte ihn auf, wo er sich auch aufhalten mochte, wohin er auch ging, denn er hatte versprochen wiederzukommen, und er würde im Windschatten eines geblähten Gaffelsegels über die Dünung wiederkommen. In meiner Vorstellung folgte ich ihm, wo der Saum seines Gewandes durch den Schlamm schleifte, über das Fleisch einer geplatzten Melone strich, über Sand, Fischflossen und Schalen fegte. Ich blieb in seiner Nähe, wenn er bei den Marktfrauen haltmachte und sich in die Beobachtung vertiefte, wie die Ärmsten der Armen lebten. Fliegen schwärmten aus den Bergen von gegrilltem Fisch und Fleisch auf. Sie setzten sich in Mustern auf das Blau seiner Kleider und krochen über seine Nase, über Augen und Stirn, zu seinen nassen Mundwinkeln, überallhin, wo es Feuchtigkeit gab.

Eine alte Bekannte kam mit einem flachen Korb Paradiesfeigen angeschlurft und stellte ihn stöhnend ab; dann setzte sie sich mit ausgestreckten Beinen an ihren angestammten Platz unter dem Schattenbaum. Er begann mit ihr und den anderen ringsum zu plaudern. Er hörte sich brüske, mürrische Antworten an, verlegene Antworten oder genauso verlegenes Schweigen, eilfertig gegebene Informationen und schlagfertige Entgegnungen auf die Fragen dieses eingebildeten Herrn, der mit Sicherheit kein Kunde war, sondern seine eigenen Interessen verfolgte. Aus seinen Erkundigungen über den Preis von Krabben und Muscheln, über das Warenangebot und die Lieferbarkeit von Fleisch, Fisch und Feuerholz legte er sich Beweise zurecht und nutzte seine im Nu erworbenen Kenntnisse, um spätere Gegenargumente damit zu entkräften und sie den vagen Theorien der Herrschenden und wohlmeinenden Mitbürger entgegenzuhalten. Ein Mann mit wachen Sinnen. Ein wissbegieriger Mann, der sich mit dem Los der Ärmsten vertraut machte – ein ungleich schwereres Los als das bequeme Dasein eines Sklavenmädchens in einem großzügigen Haushalt, wie er mir gegenüber häufig betonte.

Mein leichtes, träges Leben, ja, ein Leben, das nun vielleicht zu Ende ging.

Wo befand ich mich jetzt, und kannte ich nicht diesen Geruch von schwelender Angst? Den Gestank von Blut. Dieser Angst bin ich nie entkommen, dieser mir vertrauten Schwindeligkeit, die mir den Blick verschleierte, so dass ich mir die Augen rieb, um sehen zu können – was ich jedoch sogleich bereute, denn ich erkannte, wo ich mich befand: bei dem Schlachthaus, wohin mich mein zweiter Besitzer manchmal schickte, um Innereien für seine Sklaven zu kaufen. Dieser mir nur allzu bekannte Geruch, dieses Niedersinken und Blöken. Schlüpfrige Herzen, Leber, Lungen und Speiseröhren, ein lose in Blätter gewickeltes Durcheinander, das zu leicht ins Rutschen geraten konnte, um es auf dem Kopf zu tragen. Ich hielt es ein Stück von meinem Körper weg und verließ die dung- und dreckbesudelte Stätte der Trostlosigkeit, wo Tiere in die Knie sackten und traurige Palmen in ihren langen Kleidern mit trockenen Blättern raschelten und mit ihren kraftlos im Boden verankerten Stämmen knirschten. Verließ die Neckereien, provozierenden Bemerkungen und obszönen Gesten des schäkernden Schlachters, ging das Essen kochen, das ich mit vielen Mündern teilen würde, und heckte aus, wie ich aus der Schlampigkeit der Haushaltsführung meinen Vorteil ziehen, die Leber für mich und die Meinen beiseite schaffen und einen Löffel vom Reis meines Herrn und seiner Frau abzweigen könnte.

Wir, die Sklaven, lebten in zwei niedrigen Hütten mit eingestürzten Dächern alle zusammen, nicht nach Geschlechtern getrennt. Von Sonnenaufgang bis spät in die Nacht schufteten wir für ihn, den Gewürzhändler. Die Arbeit war, was uns trennte. Die Männer arbeiteten in seinem Warenlager im Hafenviertel und die Frauen in seinem Wohnhaus. Wir kamen aus allen Himmelsrichtungen und sprachen eine Vielzahl von Sprachen, aber wir verständigten uns, indem wir unsere Muttersprachen verstümmelten und daraus unsere eigene Arbeitersprache machten: Wir stammten aus zweiter, dritter oder gar vierter Hand; die meisten waren noch jung und gesund, wir Frauen fruchtbar und überreif. Bei Nacht hieß es, für den Besitzer auf seinem schweißgetränkten Fellteppich die Beine breit machen. Manche von uns fanden es angenehm. Ich nicht. Er war ungeschickt und grob. Ich beneidete die Sklaven, die von diesem Dienst ausgenommen waren. Letztlich brachte es eine gewisse Freiheit mit sich, unbemannt zu sein. Es machte mir nichts aus, vor der Feuerstelle zu stehen. Es machte mir nichts aus, mit Picke und Hacke in der mörderischen Hitze im Garten zu schuften und die Erde um seine Mangobäume und Yamranken sauber zu halten. Es machte mir nichts aus, sein Haus unter den Augen seines Drachens von Frau aufzuräumen, ihr ausdruckslos zu gehorchen und mir meine leisen Bemerkungen für das Nachtquartier aufzusparen, doch selbst da war ich vorsichtig, denn es gab Petzer unter uns.

Und erwischt zu werden hieß, die Zunge abgeschnitten zu bekommen.

Ich hielt mich abseits. Lebte mit ebenso viel Unbehagen wie Geduld. Ich war ein Feigling und sagte zu nichts nein.

Mit steinernem Gesicht horchte ich auf seinem Fellteppich auf die Geräusche des Meeres. Ich wurde zu einer vom Felsen gepflückten Muschel, behielt jedoch die Austernschale meines Willens, meine dünne Schicht Stolz; ich verhielt mich, wie ich es gelernt hatte. Ich gab nicht nach. Ich gab mich nicht hin. Ich ließ es geschehen. Ich konnte warten. Ich horchte auf den Schlag der Wellen weit hinter seinem Gestöhn, und es lullte mich ein. Ich war aus Wasser. Ich war ein Fließen in alle möglichen Formen hinein. Ich konnte seinen Samen bewahren und ihn aus den Säften meines Körpers zur Frucht bringen. Ich konnte in Wellen von Wehen knien, mein Gesicht dicht an der dem Wasser vermählten Erde, die Frucht aus mir herausstoßen und meine tropfenden Brüste einem Säugling nach dem anderen reichen. Meine Augen lächelten. Mein Mund blieb still.

Immer still. Verängstigte Mäuse inmitten eines gewaltigen Brüllens – das ist es, was wir waren, die Untergebenen des Systems, scheinbar gefügig, während uns unsere Kinder als Säuglinge weggenommen und verkauft wurden, obwohl unsere Körper noch nach ihnen hungerten. Unsere Vergangenheit, eine Vergangenheit erfüllt von erbarmungsloser Misshandlung oder dem bitteren Hohn von Geschenken, unsere Gegenwart aussichtslos. Wir waren alle eine einzige Frau, austauschbar und eintauschbar. So trösteten wir uns und unsere Kinder gegenseitig, teilten miteinander, suchten uns die Köpfe nach Läusen ab und tauschten unsere Kleider, sangen gemeinsam, schwatzten zusammen und beklagten uns beieinander. Aussichtslos. Einmal versuchte eine wegzulaufen. Sie wurde wieder eingefangen, und ihr wurden die Füße abgehackt. Ein zweites Mal versuchte es eine. Sie schaffte es. Die Eunuchen entflohen regelmäßig.

Es gingen Geschichten um von einer Siedlung Entflohener, weit von der Stadt entfernt, inmitten eines riesigen Sumpfes, wo die entkommenen Sklaven von der Jagd lebten, sich Hütten aus Strohmatten bauten und die unerträgliche Hitze und Einsamkeit überlebten, um dort als freie Menschen zu sterben. Es hieß, sie hätten ihr eigenes Ordnungssystem mit einem Häuptling und Ratgebern entwickelt und glaubten sich durch den undurchdringlichen, von Moskitos und Blutsaugern verseuchten Sumpf vor der Verfolgung sicher, da nur Eingeweihte dessen geheime Pfade kannten. Es hieß, sie rechneten damit, dass die Regierenden sie geflissentlich übersähen, wohl wissend, dass es viel Geld kosten würde, sie zurückzuholen, dass die einmal Entflohenen immer von neuem Unruhe stiften, murren und aufbegehren würden und dass es weiser wäre, diese rebellischen Seelen mit ihrer Vergessenheit in der Wildnis zu bestrafen, wohl wissend, dass es aus dem Landesinnern ohnehin immer frischen Nachschub an Sklaven geben würde. Und es hieß, die Eunuchen würden keine Sklavinnen unter sich dulden.

Eines Tages zog ein schlimmerer Sturm auf, als ich es je erlebt hatte. Es fühlte sich an, als würde die Hitze von mir Besitz ergreifen. Als würden mir die Augen aus den Höhlen treten und wie die einer Krabbe zu Stielaugen werden. Ich presste mir meine Handflächen fest auf die Augenhöhlen, denn es kam mir vor, als schabten Sand und Glassplitter über meine ungeschützten Stielaugen, als sähen sie zu viel und auf zu sanfte Art. Deshalb versuchte ich, sie in meinen Schädel zurückzupressen, doch sie hämmerten gewaltsam in meinem Kopf und rollten in meinem Schädel umher, und wenn sich meine Lider hoben, sah ich nichts, ich sah nur Hitze, und die Hitze brachte alles zum Wogen und Rollen. Ich konnte nichts mehr hören. Ich konnte in der pechschwarzen Luft nur noch fühlen, wie sie auf mich zukam und sich vor mir zurückzog und mich herumzuschubsen begann, mich in Böen hierhin und dorthin stieß, mich aufzuckenden Blitzen unmittelbar entgegentrieb, die alles in ein pompöses Schauspiel verwandelten und alles mit einem Schlag wieder auslöschten, so dass ich mich völlig verwirrt fragte, wo ich eigentlich hingeraten war. Ich sah einen Baum mit bitteren Orangen, wo vorher keiner gestanden hatte. Ich sah eine graue Wolke aus Eilseeschwalben und eine zweite, die von glänzenden Sardinen überquoll. Ich sah Fische regnen, Quallen niederprasseln und Strandgut Purzelbäume schlagen, ich sah, wie eine Hütte bis zum Bersten Luft einsog und plötzlich zusammenbrach, plattgedrückt wurde und auf einmal in Stücken davonzuwirbeln begann.

Dann ergriff ich die Flucht vor dem Wind, der mich, den Abfall und alles Zerbrechliche packte, und kämpfte mich in gebückten, halb kriechenden Drehbewegungen von einem Halt zum nächsten voran – Baum, Pfosten, Tor, Haus. Dass ich in den leeren Raum geweht werden könnte, dass ich mitsamt den

Obstschalen, Gemüseschalen und Lumpen für alle Ewigkeit in dem Wirbel hochgehen könnte! Das Meer war aufgepeitscht. Es kämpfte mit sich selbst. Es zog sich zurück, prallte auf und ballte sich zusammen, es türmte sich in den Himmel, donnerte auf die Hochwassermarkierung nieder, rollte, sich überschlagend, weiter, überrollte das Barackenviertel der Stadt und die üppigen Wälder dort und schleuderte Trümmer von für das Meer gebauten, ihm geweihten Dhaus und Skiffs zwischen den Palmen und Rosenbüschen in die Gärten der Reichen nieder. Der Wind riss die Segel von den Bäumen los, in denen sie sich zu verstecken suchten wie die Geister von Vögeln, und blies sie weit in das fremde Landesinnere hinein.

Das Meer zog sich zischend über der angerichteten Zerstörung zurück, nahm einen letzten gequälten, schäumenden Atemzug und legte sich zu düsterer Ruhe, der Wind legte sich ebenfalls und hinterließ eine so seltene Stille, dass ein Schluchzen sie hätte erschüttern können.

Dieser zerbrechliche Frieden war nur von kurzer Dauer. Ein Klatschen von Tropfen setzte ein. Es wurde auf der Stelle zu strömendem Regen. Regenmassen kamen über ein Meer herangerast, das seine kurze Ruhe völlig vergessen hatte und geschwollen und verwirrt wogte, während die Flut es in eine Richtung zog und der Wind es in die andere Richtung schob. Strömender Regen, Wassergüsse, hart und steil, Tropfen, die Pockennarben in das Gesicht der Straßen schlugen, Wasser, das floss und auswusch und wegspülte, was der Wind fortzuwehen vergessen hatte, und das in rauschenden Rinnen davonfloss. Ein gründlicher, zielbewusst peitschender Regen. Ein Sturmregen mit einer Mission.

Jemand muss mich stöhnen gehört haben. Jemand muss mich wimmern gehört haben, als ein Kudubeerenbaum mich unter seinem Ast begrub, ein Baum, der mich nach Anweisung des Sturms als Opfer forderte, weil ich immer eisern über ihn hinweggesehen und nie versucht hatte, die Gunst seines Geists zu erringen, weil ich über alle Geister hinwegsehe mit Ausnahme des einen, der in mir selbst lebt. Wahrscheinlich, weil ich es nicht besser wusste. Vielleicht. Vielleicht beharrte ich trotzig auf meiner Weigerung, weil ich mir nichts Eigenes mitgebracht hatte und mir die örtlichen Rituale inhaltslos erschienen. Ich schuf dem in mir wohnenden Geist meine eigenen Rituale und las ohne jede Vorkenntnis eine weiße und eine schwarze Muschel auf. Den Geist der Erde versöhnen, dem Hausgeist, Luftgeist Sühneopfer darbringen, Reime leiern, Glaubensbekenntnisse murmeln, den Geist des Baums versöhnen, denn er hört zu, er merkt sich deine Opfergesten, er wird dich behüten, aber pass auf, was du sagst – nein, all das bedeutete mir nichts. Ich lächelte über die Gesten. Ich spazierte gelassen an allen Kudubeerenbäumen vorüber, die schließlich nur wegen ihrer leuchtenden Herbstfarben gepflanzt worden waren und nicht meinetwegen hier wuchsen. Ich ging hocherhobenen Hauptes an ihnen vorüber und opferte ihnen nichts. Nein, ich lachte über die anderen Frauen, die sich vor ihnen verneigten, eine Handvoll Hirsekörner auf einem großen Akazienblatt neben dem schweigsamen Baumstamm hinlegten und dabei vor sich hinmurmelten. Ich murmelte nichts, für keinen Baumgeist der Welt. Meine

Zunge ist für mich gedacht, meine Zunge, mein Mund, mein ganzes Selbst gehören mir. Ich presste mein Ohr an den graubraunen Stamm des Kudubeerenbaums und horchte aufmerksam, ob sein Geist irgendetwas zu sagen hätte, aber ich hörte nur das Holz wachsen, die Chronik der Jahresringe sich langsam erweitern, und ich wusste, er würde dereinst nichts über eine Frau zu sagen wissen, die einmal ihren Kopf an ihn gepresst hatte, genauso wenig wie er Geschichten über andere Einfältige zu erzählen wüsste, die um seinen Segen gebettelt hatten. Das war meine wohlüberlegte Meinung, lange, lange bevor ich selbst als Baumgeist galt.

Dann hat dich der Kudubeerenbaum also bestraft, scherzte mein Wohltäter, er, der seine Sklaven ausgeschickt hatte, um mich von dem Ast zu befreien, nachdem man ihn von dem Unfall direkt vor seinem Haus unterrichtet hatte. Er gab mir Obdach in seinen Sklavenquartieren, bis der Knochenbruch, den ich erlitten hatte, verheilt war. Aber noch bevor ich buchstäblich wieder auf den Beinen war, wurde er mein dritter Besitzer.

Also muss er Gefallen an mir gefunden haben. Also muss ich ihm Genuss bereitet haben. Eines Abends kam er, um sich über die Lage der Zufallspatientin unter seiner Obhut zu unterrichten, sah mich erstaunt an, als ich über den Aberglauben mit dem Kudubeerenbaum lachte, und lockte meine kurze Geschichte aus mir heraus, die so spärlich und langweilig war wie die der meisten Sklavenmädchen in der Stadt. Er kaufte mich kurzerhand, und in aller Demut begann mein Aufenthalt in der hochgelegenen Villa mit dem Terrassendach, deren Steine aus einem fernen Steinbruch stammten, mit Blick über die Stadt und das Meer, mit ihren ansehnlichen Vorbauten und gepflegten Innenhöfen. Mein Wohltäter rief mich häufig zu sich. Wir unterhielten uns. Dann kam die Nacht, in der er mit mir schlief. Er fand mich bezaubernd. Häufiger, als dass er mit mir schlief, befahl er mir, mich auszuziehen und einfach ruhig mit ihm zu sprechen, während er mich die ganze Zeit ansah, wie man einen schönen Sonnenuntergang oder etwas dergleichen betrachtet. Auf dieselbe Weise sah er der Servalkatze seines Sohns zu. Als er die Fieberanfälle bekam, durfte ich allein bei ihm bleiben, und ich saß und fächelte ihn.

Mitsklaven meines zweiten Besitzers, die ihr im Elend zurückgeblieben seid – ich hatte keine Möglichkeit, um euch zu trauern. Der Zufall wollte es, dass mich der Wirbelsturm erwählte. Ich war mir mit meinem Schicksal einig. Ich sehnte mich nach nichts, nichts bedrückte mich, ich konnte nichts Aufregendes an meiner Vergangenheit finden und wollte auch gar nicht über sie sprechen. Es wäre vertane Zeit gewesen. Denn ich war zunehmend von mir selbst besessen.

Ich entdeckte zum ersten Mal Schönheit, meine eigene und die von Blumensträußen, Specksteinstatuen, Jadespangen, Porzellanglasuren, Batiken in Indigoblau und wunderschöner Seide, leicht wie ein Atemzug oder schwer und steif und golddurchwirkt. Es war fast, als lernte ich noch einmal sprechen. Ich vertiefte mich in kunstvolle Aufgaben wie komplizierte Stickereien, die ich von älteren Sklavinnen lernte, oder die Vorbereitung eines Banketts für einen ganzen Saal voll Gästen und die geschmackvolle Darreichung meiner Gerichte. In Letzterem zeichnete ich mich besonders aus. Ich lernte, eine Unterhaltung auf ganz andere Art zu führen und meine Bemerkungen mit einem metallischen Ton der Ironie enden zu lassen. Ich lernte, meine Stimme honigsüß zu machen, wenn sich die Unterhaltung zuspitzte und zu viele schnelle Bemerkungen gleichzeitig wie schlanke Pfeile hin- und herschossen. Ich lernte, aus vollem Hals zu lachen.

Vor allem lernte ich jedoch, Gefallen daran zu finden, begehrenswert auszusehen und die Macht zu genießen, die ich – wie offenbar als selbstverständlich angenommen wurde – im Zimmer meines Wohltäters und Besitzers zu meinem eigenen Vorteil ausüben konnte. Er schenkte mir einen Armreif aus Elfenbein, der auf meinen linken Oberarm passte und mit dem ich schamlos angab. Wenn er in der richtigen Stimmung war, ließ ich mich häufig katzenhaft über die auffälligsten Mängel der anderen Sklavenmädchen aus: dürre Schenkel, knochige Schultern, Zahnlücken, schlecht proportionierte Brüste, ein vorspringendes Kinn oder grobe Schimpansenfinger; und obwohl er mir zuliebe zustimmte und obwohl er behauptete, solcherlei Mängel hielten sich in Grenzen und machten auf der Couch der Lust – wie er seine Schlafmatte scherzhaft nannte – wenig Unterschied, wusste ich, dass ihm meine Bemerkungen nicht aus dem Kopf gingen. Aber ich bekam nur einen Armreif von ihm.

Trotzdem. Trotzdem. Mein Leben hatte Glanz. Ich summte, wenn ich mir die Haut mit Kokosöl einrieb. Erst später fand ich heraus, dass er zweierlei Sklaven in seinen Diensten hatte: die einen wegen ihres Aussehens, die anderen wegen ihrer Dienstfertigkeit.

Was also war der Grund für die Melancholie, die mich manchmal befiel? Wenn ich von der Terrasse aus über die glitzernde Bucht blickte und die Dhaus und Skiffs dort winken sah; wenn ich über die Dächer zum Dunst des Horizonts hinüberschaute, mich, von lächerlicher Unruhe erfüllt, lustlos werden fühlte und vor dem Schrei einer Möwe erschrak – was sollten dann meine Hände vor meinem Gesicht? Worüber sollte ich bekümmert sein? Nun, wo mich das Gefallen meines neuen Besitzers, des reichen Witwers und angesehenen Bürgers, kühl und weich wie Moos beschützte und ich mich in seiner Obhut geborgen wusste, mich nicht nur in Sicherheit fühlte, sondern den Funken eines neuen Lebens in dieser freieren Beziehung erahnte, in der ich jetzt ohne größere Einschränkungen lebte und in der sich meine Begabungen zu entfalten wagten – warum also stiegen mir Tränen in die Augen und erzitterte die Stadt in gebrochenen Farben? Warum sank mir der Kopf auf die Brust? Warum wollte ich so unbedeutend wie möglich sein, mir eine dunkle Ecke suchen und so tun, als sei ich nicht da, wenn man mich rief?

Winzig wie ein Käfer saß ich da und wimmerte. Zum Bersten voll von unterdrücktem Jammer. Ich wünschte, ich hätte eine Schnauze, um mich in die Erde einzugraben und zu verschwinden oder unter die Borke eines Baums zu kriechen und dort flachgepresst ein verborgenes Dasein zu führen.

Dies war die mir vertrauteste Stimmung. Sie war mir schon seit langem vertraut. Und hier überkam sie mich auch, das gebe ich ehrlich zu, treuer Baobab, Vertrauter, Heim, Festung, Wasserquelle, Arzneikasten, Honigtopf, mein Obdach, meine letzte Zufluchtsstätte vor einem Wohnungswechsel, über den ich nicht die mindeste Macht haben werde, Wächter über meine Ausbrüche von Leidenschaft, blattlos kompakte Beleibtheit im Winter und im Sommer lebensspendend wogende Kuppel von Blättern und Blüten und sauren Samen, die ich an meine Wange presse (der graugrüne Pelz streichelt meine Haut) und aufbreche, um deine Kerne zu rösten und zu verschlingen, Samen, die wie Erfüllung an dir hängen, der Erde zugewandt, wartend. Du beschützt mich. Ich verehre dich. Das heißt, die Feldmaus und ich bewohnen dich, aber nur ich, glaube ich, verehre dich, ich allein.

Wenn ich schreiben könnte, würde ich den Stachel eines Stachelschweins nehmen und deinen gewaltigen Bauch von oben bis unten vollkratzen. Ich würde bis in deine Äste klettern und Kerben in deine Achselhöhlen ritzen, um dich zum Lachen zu bringen. Große Buchstaben. Kleine Buchstaben. In einer Schrift voller Schleifen und Locken, in Kreislinien schreibe ich rund um dich herum, weil ich so viel von einer Reise zu einem neuen Horizont zu erzählen habe, die zur Expedition zu einem Baum wurde. Hier kommt eine rhythmische Pause. Oh, ich habe viel von den Dichtern gelernt, ich bin in den Techniken, dem Verknüpfen von Lyrik und Epik versiert. Rhythmische Pause, und weiter rollen die Gedanken um deinen Stamm herum, rollt die poetische Geschichte eines verrückten Verlangens, das schließlich unser einziger Halt war, als wir uns mit leeren Händen wiederfanden, ausgehungert und unserer selbst todmüde in diesem Verlangen, das uns vorantrug, diesem Ballast der Vergangenheit.

So schmücke ich dich Zeile um Zeile mit unseren Halluzinationen aus, damit du unsere Lächerlichkeit verdauen, auswachsen und glätten kannst, damit du die sinnlose Mitteilung in deiner dicken Haut bis zum Tag deiner Selbstauflösung aufbewahren kannst. Und ich lege den Stachelschweinstachel befriedigt nieder und trete zurück, die Hände in den Hüften, um mein Werk zu betrachten. Du bist über und über von meinen Narben bedeckt, Baobab. Ich wusste nicht, dass ich so viele hatte.

Wenn ich schreiben könnte. Doch selbst dann würde die Melancholie von mir Besitz ergreifen. Ich schlage lustlos den Pfad zum Bach ein, um mein Wesen dort in der Kühle mit den Lauten meines Geschwisterwesens zu füllen, um mich mit den schlichten Düften des Tropenwaldes und der Bridelia zu erfrischen, meinen Blick in einem Dickicht von Luftwurzeln, Farnbögen und langsam sich neigenden Blättern enden zu lassen und zur Ruhe zu kommen, den ganzen Tag lang, die ganze Nacht.

Es gibt immer einen Affen, um ein Heiligtum zu schänden. Wie es mich irritiert, wenn Tiere sich nicht an die Grenzen ihrer Tiernatur halten, sondern mir auf meiner Ebene begegnen wollen. Zum Beispiel die Horde von Samangos in der Krone des Gewürznelkenbaums. Als fühlten sie sich von mir herabgesetzt, als stellte ich eine große Bedrohung dar, als gehörte ich nicht auch hierher, sondern müsste mit Vorwürfen und strengen Mahnungen vertrieben werden. Sie starren mich tatsächlich unverschämt an. Schelten mich tatsächlich. Treten mir entgegen und zeigen mir tatsächlich ihre Missbilligung.

Genauso der graue Papagei, den sich mein Wohltäter hielt. Kühle Missbilligung, Verachtung, Spott in den kleinen Augen. Wenn er mir guten Morgen wünschte, meinte er: Verschwinde!, und seine Augen wurden zu kleinen Punkten. Er krempelte die Sprache derart um, dass jeder Sinn herausfiel und nichts mehr zu sagen blieb. Er verdreckte seinen Käfig. Er weckte das ganze Haus mit seinem Lärm, und wenn ich ihn zum Schweigen bringen wollte, forderte er mich mit einem so hellen Pfeifen heraus, dass es mit seiner Klarheit die Luft durchschnitt, und er, der Gefangene, triumphierte. Dass er mit seinem schwachen Vogelhirn lernen konnte zu triumphieren, während ich von Depressionen geplagt und unsicher war, es zeigte, wenn ich verletzt war, mich bissig verteidigte, hinter dem Rücken der beiden Söhne und der Tochter, die noch zu Hause lebte, über sie lästerte und mich bei den Sklaven unbeliebt machte.

Ganz anders meine Beziehung zu dem zahmen Serval des Hauses. Wie oft wünschte ich mir, ich könnte meinen Mut zusammennehmen und schmeichlerisch den Riegel an der Tür des Papageienkäfigs aufschieben, damit er hinausflöge, der Idiot, und der Serval plötzlich hinter einem Busch hervorspränge, ihn in der Luft bewusstlos schlüge und ihn packte. Dann würde er ihn in seinem Maul davontragen und ihn knirschend auffressen, knirschend, bis nichts mehr übrig wäre als eine graue Feder und ein rotes Ende des Papageis.

Unten spazierte der gesprenkelte Serval im Hof einher. Er rieb seine Backe an einer Platane, und ein Regen von scharlachroten, jaspisgrünen und schwarzen Blüten segelte auf ihn hinunter, und grauweiße Borkensplitter hingen um sein Maul. Er schnaubte vor Überraschung. Dann trabte er davon, nahm eine Abkürzung über die Steinplatten und verfolgte entschieden ein zweifellos höchst wichtiges Ziel. Er schenkte meinem Ruf keine Beachtung. Ich sah, dass er mit der Vorderpfote einen Gecko festgekrallt hatte und sich fragte, was er nun machen sollte. Zunächst sah er zu mir auf, dann katzenscheinheilig auf seine Beute. Ich starrte ihn an. Ich konnte lange Zeit in seine immer wieder anderen Augen starren und mir einbilden, wir seien von ein und demselben Geist. Er gähnte weit, rollte dabei die Zunge zurück und sah in seinem Gähnen erschreckend grausam aus. Doch diese Illusion reichte, um mir bewusst zu machen, dass wir keine Spielgefährten waren und dass wir eine Distanz einzuhalten hatten, die ich einhalten würde, versprach ich ihm, strich ihm über das Fell und kraulte ihn hinter den Ohren. Goldiges Schwarzmaul, deine Selbstgenügsamkeit amüsierte mich. Vielleicht hatten wir doch mehr gemeinsam, als du dir vorstellen konntest.

Er war als Katzenjunges dem jüngsten Sohn meines Besitzers geschenkt worden, der als Kind offenbar das Hobby hatte, wilde Tiere zu sammeln. Zu der Zeit, von der ich spreche, war Fischen das Hauptinteresse des Sohns, und wir sahen ihn kaum zu Hause, weil er sich von früh bis spät an Bord seiner äußerst kostspieligen Prau aufhielt. Aber wenn er hier war, freute ich mich an seiner wunderbar gesunden Wildheit und Jungenhaftigkeit und all seinen Streichen. Ein ausgelassener, höchst attraktiver junger Mann, doch ernst und lächerlich empfindsam, wenn es um sein Hobby ging. Ich nenne es bewusst sein Hobby, weil ich nicht glaubte, dass sein Vater es ihm je erlauben würde, mit dem Fischen Karriere zu machen, es sei denn, es sei denn vielleicht, es könnte als Unterabteilung des Familienunternehmens betrachtet werden, und der junge Mann könnte, wie es sich für einen Sprössling der Reichen ziemte, Geschäfte damit machen, statt wie ein einfacher Fischer Netze einzuholen.

Jetzt wusste ich, warum ich deprimiert war. Ich hatte den Zug gesehen. Ich wusste ja, dass er zu erwarten war. Wusste, dass sie irgendwann auftauchen würden, und war daher jeden verdammten Tag aufs Dach gestiegen, um Wache zu halten, um ein Auge auf das zu haben, was ich mir geschworen hatte, nicht mitanzusehen. Der schreckliche, entnervend langsame Zug. Von meinem Beobachtungsposten aus sah ich sie von weither kommen und erkannte, wider Willen fasziniert, die Zeichen von Gebrochenheit, die mich innerlich zerrissen, die meinen Geist auslöschten, mich verzweifelt starren ließen und bewirkten, dass ich ihr Schicksal jedes Mal hilflos zur Kenntnis nahm, meine Sympathien unter Kontrolle hielt und mich zwang, Witze über sie zu reißen, damit ich sie vergessen und verdrängen konnte. Meine Augen verfolgten sie von der Stelle an, wo sie aus den Büschen und Binsen am sich zerfasernden Saum der Wohnviertel auftauchten und ihr Zug sich durch die harschen Licht- und Schattenfelder in den Straßen wand. Manchmal verschwanden sie aus meinem Blickfeld, aber ich kannte den Weg zu gut und heftete meinen unwilligen Blick im Voraus auf den Punkt, an dem sie wieder erscheinen mussten. An der Spitze einige der Söldner, bewaffnet, aber zu Fuß wie ihre menschliche Beute, gefolgt von einer primitiven Sänfte, auf der der Sklavenjäger in aller Ruhe saß und sich auf den Schultern zweier seiner Gefangenen wiegte, der Big Boss, der nicht mehr im Halbschlaf döste wie auf dem unermesslich langen

Buschpfad, den sie alle zurückgelegt hatten, sondern hellwach war, jetzt, wo der wichtigste Augenblick bevorstand; dahinter die in Ketten, einige mit Stapeln von Leopardenfellen, Elefantenstoßzähnen, Rhinozeroshörnern und Lebensmitteln auf dem Kopf, die Gesichter verzerrt, weil das Halseisen ihre Haut wundscheuerte, und dahinter die jungen Frauen und zarten kleinen Mädchen, die mit leichteren Ketten aneinandergefesselt waren. So trotteten sie widerstrebend auf ihren Bestimmungsort zu. Am Zugende eine Nachhut von weiteren bewaffneten Männern.

Ich folgte ihnen. Ich wusste, wohin. Ich nahm eine Abkürzung durch Seitenstraßen und Gassen und quer über offenes Gelände, erreichte vor ihnen den Platz nahe dem Strand und versteckte mich hinter zerfledderten, staubigen Rizinusbäumen und in dem dürftigen Unterholz ringsum. Die Ankunft eines frischen Schubs Sklaven verlief normal und zog keinerlei Aufmerksamkeit auf sich. Nur ich war ihre wachsame, widerwillige Zeugin.

Klirrend trafen meine Schicksalsgenossen ein. Die unberührten Mädchen, meine kleinen Schwestern. Die jungen Eunuchen, die keine Männer, keine menschlichen Wesen mehr waren, die Überlebenden eines Überfalls tief im Landesinnern, meine eigenen Leute, Halbmenschen, Menschen, denen Menschsein verboten war, die mitleiderregend starken, gesunden Produkte des Landes. Sie standen still. Sie durften sich setzen.

Die Sänfte wurde abgesetzt. Der Sklavenjäger erhob sich steif und streckte sich, ein angenehmes, langes Strecken, bevor er aus seinem Lehnstuhl stieg und seine

Schritte zur Stadt lenkte, um über einer Schale Feigenwein und einer Pfeife Haschisch das Geschäft auszuhandeln. Ich sah, er war ein alter Mann. Er hatte graue Bartbüschel an der Spitze seines Kinns, aber er schritt rasch aus, wie von der Seeluft erfrischt und von der Erleichterung ermuntert, dass das schwierige Unternehmen wenigstens bis zur Küste erfolgreich abgelaufen war. Die Wachen blieben auf ihrem Posten. Ich fragte mich, ob sie schon einmal hier gewesen waren. Ich fragte mich, ob der Sklavennachschub vollzählig war – wie viele wohl unterwegs vor Erschöpfung so schwach geworden waren, dass man sie als untauglich zurückgelassen hatte, wie viele am Sumpffieber gestorben sein mochten und wie viele sich wohl aufgelehnt hatten und getötet worden waren. Die jetzt noch übrigen lagen schweigend am Boden. Selbst einige der Wachen hatten sich gesetzt.

Am Strand trat eine Gruppe von Bengeln mit den Füßen Sand gegen einen toten Hammerhai. Sie rannten umher, bellten und jaulten, als seien sie Hunde, und lachten und sprangen vor Wonne über den Hai. Sie ließen ihrer Freude freien Lauf. Dann verloren sie das Interesse an dem lederartigen Kadaver, stürmten auf der Suche nach neuen Späßen den Strand entlang, hoben Ruten auf und jagten einander, durch Priele spritzend, an der Schaumlinie der Wellen weiter. Kurzes Glück entschwand aus der Luft. Die drückende Stille schloss sich wieder.

Ein paar Tage vorher hatte ich am Strand, wo Gestelle zum Trocknen von Fischen ihre Gitterschatten warfen, gesehen, wie der Hammerhai in Spasmen hochschnellte. Er versuchte, seinen ganzen Körper aus dem

Sand zu heben, als wollte er aufwärts in den Himmel schwimmen. Manchmal war das eine Auge im Sand vergraben, manchmal das andere; das eine sah den Untergang, das andere erspähte Hoffnung, und in dieser Ungewissheit kämpfte das arme Tier. Krampfhafte Zuckungen, fanatisch bis in den Tod, Augen, die die Welt bis in den Tod zweiteilten. Würde er auch im Sterben noch die eine Hälfte mit der anderen aussöhnen müssen, um in dieser Unklarheit seinen Weg zu finden? Immer tiefer steuerte er sich mit den Drehbewegungen seines Kopfes in den Tod. Auf seiner linken Seite hing der Tod als graue Erscheinung, auf seiner rechten Seite hing der Tod als graue Erscheinung – er hatte keine Wahl, aber vielleicht schuf er sich auch seinen eigenen Tod und suchte das absolute Nichts im Nichts-mehr-Sehen, denn das Nichts hat weder Farbe noch Struktur noch Inhalt.

Es war mir nicht erlaubt, den Neuankömmlingen Erfrischungen zu reichen. Ich hatte es früher schon versucht und war davongejagt worden. Trotzdem ging ich näher heran. Ich hieß sie leise in meiner Arbeitersprache willkommen und brachte mein Mitgefühl zum Ausdruck, aber anscheinend hörte oder verstand mich niemand. Ich sprach trotzdem weiter, weil ich nichts anderes und vor allem nichts Wirksameres zu tun wusste.

Ich erzählte ihnen alles, was mir über meine Herkunft bekannt war. Demütig bot ich ihnen die dürftige Geschichte dar. Ich fügte die Tatsachen aneinander, wie sie mir einfielen, meine Erinnerungen an eine Reise mit dem Ausgangs und dem Endpunkt Angst. Ich hatte eine solide Kenntnis der Angst. Ich hatte sie in meinen eigenen Adern gespürt, denn sie hatte sich bei mir eingenistet und ich hatte nach ihr zu riechen begonnen; Wälder und Ebenen hatte ich mit ihren Augen, giftig und verzerrt, vorbeiziehen sehen; mit ihren Ohren hatte ich gelauscht und hatte ein Grollen vernommen, selbst in der Stille ein Grollen, und in meinen Wangen war Bitternis gewesen. Oh, die Angst hat eine denkbar schlechte Kenntnis von Ereignissen. Sie schlingt alles in sich hinein. Sie zermalmt alles. Sie hinterlässt keine blutige Spur: Sie steht still. Alles bewegt sich zu ihr hin, fühlt sich zu ihr getrieben, und sie weiß es.

Ich weiß es nicht. Was ich weiß, ist, dass ich Angst und Entsetzen in meinen Träumen, mit meinen Träumen besänftigte und dadurch das Namenlose, Formlose verharmloste. Aber das musste ich erst lernen. Es war das Resultat meiner Heimsuchung. Es ist etwas, das ich immer noch tue.

Was ich weiß, ist, dass ich nicht verdammt war wie diese Menschen, weil ich, das einzige gefangene Mädchen und als Einzige nicht angekettet, mich am Tag meiner Ankunft von den anderen entfernte, so wurde mir erzählt, ans Meer hinunterschoss und eine weiße und eine schwarze Muschel auflas. Weil ich dem Wasser entstamme. Weil ich weiß, was Luft in Wasser verwandelt. Dann, so hieß es, fing es an zu regnen. Regen, Regen nieselte herab.

Ich kehrte den Verdammten den Rücken. Ich war das höchstgestellte Sklavenmädchen des reichsten Mannes hier. Ich hatte mehr Macht als manche Ehefrau. Liebe zum Leichten, Angenehmen bestimmte mein Leben. Träges Mich-Versenken in die Dummheit anderer, was ich mir leisten konnte, da ich das Symbol des Gefallens, das mein Besitzer an mir fand, um meinen Arm trug wie eine Rüge für diejenigen, die mich etwa erniedrigen wollten. Auch wenn die Anfälle von Depression zu oft, allzu oft kamen, biss ich die Zähne zusammen: Sie wagte es nicht, die Oberhand zu behalten. Mein Dasein war eitle Einbildung und Zufall, war funkelnde Erregung, schimmernd gekräuseltes Wasser über einem Kieselbett, der Segen verborgenen Brunnenwassers auf den Lippen, die Mildtätigkeit und Macht des Meeres.

Wie ein auf dem Bauch liegendes Baby, das, in der Anstrengung hochzukommen, seine Wirbelsäule biegt – so hatte der Hammerhai gekämpft.

Eilig, mit blinden Augen, ging ich zu dem toten Tier und begrub es mit meinen Händen im Sand, saß auf den Knien vor dem kleinen Grab und weinte unaufhaltsam. Es brachte mir keine Erleichterung. Unaufhaltsam.

Ich kann mich nicht erinnern, jemals so bitterlich geweint zu haben, seit ich in dem Baobab lebe. Aus Wut, ja, oft. Aus Ohnmacht am Anfang, als ich noch mit dem Feuermachen kämpfte, mir der Trick mit dem Reibholz nicht gelingen wollte und der Funke einfach nicht übersprang. Oder als ich unausgerüstete, dumme, zivilisierte Kreatur mir auf den Spuren von Pavian und Warzenschwein Knollen suchen wollte, eine Speise, die nur ausnahmsweise für das menschliche System gedacht ist – wie ich zu meinem Kummer feststellen musste, als ich mich in Magenkrämpfen wand. Ich aß Heuschrecken, die Hüpfer. Ich war außer mir vor Glück, wenn ich zufällig auf eine von Warzenschwein und Pavian übersehene Blume des Brotfruchtbaums stieß. Ich missachtete die Warnung meiner Nase und grub die Frucht in Feuereifer aus, nur um mich zu übergeben, noch bevor ich meinen Mund an den ekelhaft braunen moschusartigen Schmeissfliegenköder gesetzt hatte. Mir wird schlecht, wenn ich nur daran denke. Mir wird glasig schlecht. Ich riss Grashalme aus ihren Schutzblättern und kaute die saftigen Enden. Ich versuchte, Vogeleier zu stehlen, aber war zu ungeschickt im Klettern. Ich gelangte nicht einmal bis zu den Nestern. Und meine Sehschärfe reichte nicht aus, um im Veld Bodennester auszumachen.

Mit der Zeit wurde ich ausgemergelt und abgestumpft. Meine Schwäche übertrug sich auf meine Augen. Pflanzen, Bäume, Baumstümpfe, Steine und Ameisenberge verwandelten sich vor meinem bewölkten Blick in wogende Linien, die sich in beängstigend schöne Muster auflösten, mich in einen Schwebezustand versetzten und in meinen Schlaf drangen, denn nun schlief ich die meiste Zeit, schlief auf den wallenden Farben, die in ihrer Ruhelosigkeit für Ruhe sorgten, und bemühte mich nicht, sie unter Kontrolle zu bringen. Sie überspülten mich liebevoll, rollten nachsichtig über mich hinweg, und ich badete in ihnen und seufzte befriedigt.

Dann stand ich auf, hellwach, und wanderte in der paradiesischen Üppigkeit umher wie eine Närrin. Das war ein Garten! Ich will mit ihm Bekanntschaft schließen. Dem Anschein nach verwahrlost und voller Dornen, voller Stacheln. Ich will ihn noch einmal untersuchen. Die Beeren versteckten sich boshaft. Ich müsste die Spielregeln besser kennen. Ein Traubenblatt bot geflügelte Frucht. Aber war sie für mich? Und war es ein Traubenblatt? Lieber weitergehen, in den Wellen von Hitze, in der sichtbaren, unvertrauten Fülle. Jeder Baum ein Baum voll Geflöte. Es machte mich benommen. Der Lärm. Diese Überschwänglichkeit. Das Vertrauen. Die umherflitzenden Ammern mit ihren verrückten Farben.

Ich entdeckte eine Ranke, die sich mit orangeroten Früchten voll dicker Dornen um einen Baum gewunden hatte. Ihre Früchte erschienen mir so köstlich, so reizvoll, aber sicher waren sie giftig, sicher waren sie nicht für mich. Lieber daran vorbeigehen. Nichtsdestotrotz machte ich kehrt, ging hin und pflückte eine. Vielleicht sollte ich sie einfach probieren. Ich wagte es nicht. Es ist der bittere Apfel des Todes, sei gewarnt. Die Frucht hing so hübsch da. Ich brach die Spitze einer Dorne ab. Das Fleisch war hellgrün. Ich presste meine Zunge vorsichtig dagegen und verspürte einen angenehmen Geschmack. Ich kostete mehr. Aß sie auf. Und wartete tagelang darauf, krank zu werden. Rannte dann voller Freude zu dem Baum, an dem die göttlichen Ranken wuchsen, pflückte alle Früchte und aß sie alle auf, selbst die von Vögeln angepickten. Dieser Frucht wollte ich einen Namen geben. Aber mir fiel nichts Passendes ein. Ich nannte sie rote Dornenfrucht der sich windenden Pflanze, die den Kamelfußbaum drüben vor der Anhöhe im Winter schmückt. Ich hatte viel zu viel Angst, Honig aus dem Nest in der Krone meines Zuhauses zu nehmen, um Vorräte für den Winter anzulegen. Ich schmiedete Pläne, o ja, ich dachte nach wie wild, aber ich hatte weiterhin Angst. Hunger zu haben, von einer Nahrungsquelle zu wissen und nicht an sie heranzukönnen ...

Hunger zu haben wie die Bettler in der Stadt und die anderen Ausgestoßenen, wie die in den Busch vertriebenen Leprakranken, die ausgewiesenen Pockenkranken, die Lahmen und die Krüppel, die sich mit einem Holzstumpf durchzuschlagen suchten, die Blinden mit verdrehten Augen und einem Kind als Führer und Helfer beim Betteln um Almosen. Ich gab nichts. Ich besaß nichts und konnte nichts geben. Ich sah angewidert fort. Sie verfolgten mich mit der Wut der Verzweifelten, streckten ihre Hände nach mir aus und sahen mich flehentlich an. Sie waren so aufdringlich, so dreckig und voller Schwären. Ich war nicht mein Besitzer und schon gar nicht dessen ältester Sohn, der Hände voll Kreuzgeld in den Schlamm verstreute, worauf sich die Bettler gierig wie Möwen stürzten, sich darum schlugen und ein groteskes Wirrwarr anrichteten. Es erhob sich ein lärmender, schmieriger, fiebriger Überlebenskampf in den Straßen am Rand, der Stadt. Ein Kampf, an dem ich keinen Anteil hatte. Es schien, als wollten sie sich gegenseitig beißen und zerreißen und bis aufs Blut aufeinander einhacken. Ich sah nur widerwillig zu.

In den schweren Zeiten, früher ... Zugegeben, ich wurde versorgt. Ich bekam regelmäßig einen Bissen zu essen, das ist wahr. Ich hatte ein luftiges Palmwedeldach über dem Kopf, das in der Regenzeit erbärmlich tropfte und nie repariert wurde. Ich besaß vor Alter fadenscheinige Baumwollkleider, um meine Blöße zu bedecken. Ich konnte existieren. Zugegeben. Gewiss. Trotz allem. Lustlos spionierte ich herum und hielt Körper und Seele durch Schufterei beisammen. Hielt gelangweilt durch. Zugegeben, auch das war Leben.

Eins der Sklavenmädchen im Dienst meines zweiten Besitzers wurde meine enge Freundin, und wir versuchten, uns gegenseitig so weit wie möglich zu helfen.

Sie machte lieber die Wäsche, ich zog Kochen vor. Wir nahmen von den anderen Sklavenmädchen keine Notiz und teilten uns die Arbeit, wie es uns passte, obwohl sie über uns herzogen, aber wir wussten, sie hätten nichts davon gehabt, sich bei dem Mann, dem wir gehörten, zu beklagen. Für ihn waren wir alle identische Arbeitseinheiten.

Wir beide machten wunderbare Witze über ihn. Wir besprachen seine hässlichen Gewohnheiten bis ins feinste Detail, sein Herumgefummel an sich selbst zum Beispiel oder seine Angewohnheit, mitten im Beischlaf aufzustehen, um draußen Wasser zu lassen. Vielleicht war er unfähig, sein Wasser zu halten. Meine Freundin und ich bogen uns vor Lachen über ihn und seine hochnäsige Frau, die alte Trockne, die alte Unfruchtbare.

Unsere Kinder waren pausbäckig und gediehen trotz unserer Armut, und wir machten keinen Unterschied zwischen ihren und meinen. Sie trug meine auf dem Rücken, ich ihre. Sie säugte meine, ich ihre. Ich war die Hebamme für sie und sie für mich. Ein Kind war unser Kind. Ein warmer kleiner Leib in unseren Armen, ein sabbernder kleiner Mund, der nach der Brust suchte, ein fetter kleiner Nacken so hübsch wie der andere, das Zahnen des einen so lästig wie das des anderen. Wir brachten ihnen Muscheln zum Spielen und flochten ihnen ein Schilfseil zum Seilspringen. Was für eine liebevolle Gemeinschaft wir und die Kinder waren. Wenn ich mit dem Kochen an der Reihe war, stahl ich ein wenig Kokosmilch und schmuggelte sie zu ihnen hinaus, und sie nahm sie ihrerseits zu den Waschsteinen am Fluss mit, wo sie ungestört herummatschen konnten. Was für eine befriedigende, angenehme Fülle, die uns für so vieles in unserem armseligen Leben entschädigte.

Sie war ein paar Jahre älter als ich. Hatte dasselbe durchgemacht wie ich.

Wir hatten beide Folgendes durchgemacht: Wir wurden jung gefangen, waren noch unbeschnitten und wurden eben deshalb gesucht und gefangen. Zwischen schreienden Frauen und alten Männern, zwischen den Leichen kräftiger Männer, die bis zum Tod gekämpft hatten oder nicht rechtzeitig hatten fliehen können, zwischen brennenden Hütten, dem zertrümmerten Kraalzaun, zerstörten Hirsebehältern, in dem dicken Gras, das kein Versteck bot, vergeblich zu unserer Rettung hinter einen dicken Baumstamm gezerrt – vergeblich. Ein vergeblicher Angstschrei. Es war eine kleine Siedlung in einem ausgedehnten Wald. Das Ganze zog nicht mehr Aufmerksamkeit auf sich als der Lärm einer Affenhorde. Nach der Unterbrechung zwitscherten die Vögel weiter. Die zögernde Bongoantilope trat auf den offenen Fleck hinaus, witterte vorsichtig den Geruch von Asche, Verwesung, Gewalt und Angstschweiß und machte lautlos kehrt. Es regnete, Schleim und Schlamm blieben zurück, schwarze Teiche der Fäulnis, Teiche einer versunkenen Geschichte. Wie gewaltig die Stürme seufzten. Wie feierlich sich die Bäume wiegten, die Sonne aufging, die Sterne ihre Bahn beschrieben.

Meine Freundin berichtete: Wie sie zum ersten Mal das Meer sah und Angst hatte vor der blauen Mauer, vor dem Wall, der sich überschlug und niederdonnerte.

Ich berichtete: Ich sah hier auch zum ersten Mal das Meer, aber ich hatte überhaupt keine Angst vor ihm. Ich rannte zu ihm hin.

Meine Freundin berichtete: Der Mann, zu dem sie dann zog, war sehr freundlich. Er war wie ein Vater zu ihr.

Ich berichtete: Es war derselbe. Er kaufte die Allerjüngsten auf dem Markt. Er knackte sie, wie man junge Schoten knackt. Er war nachsichtig und erlaubte uns, unser erstes Kind unter seinem Dach auszutragen, dann verkaufte er uns.

Er kaufte die Allerjüngsten. Er brach die weiche Membran auf wie eine Blase. Wir waren die Ausgebreiteten, aus denen Blut floss. Wir hielten den Atem an, vor Schmerz und vor dem, was sicherlich Ekstase war.

Ich erzählte: Er versprach mir ein Geschenk. Er zog mich sanft zu sich hin, wo er saß, bis ich zwischen seinen Beinen stand. Er entkleidete mich selbst und ließ seine Hände leicht über meinen Körper wandern. Dann leckte er mich. Anschließend zeigte er auf seine Kopfstütze mit den hübschen Schlangennuss- und Perlmuttintarsien und versprach mir genauso eine, wenn ich artig wäre. Ja, ich würde artig sein. Die Frauen in seinem Haushalt hatten mir beigebracht, was ich tun und antworten sollte. Ich nickte. Er war außer Atem und in Eile.

Ich bekam mein Geschenk – und du? fragte ich meine Freundin.

Ja, sagte sie.

Wo sind unsere Kopfstützen jetzt? lachten wir.

Meine war zu groß für mich. Mein Hals war noch zu kurz.

Meine auch, sagte sie.

Hast du sie vermisst?

Nein.

Kauft er immer noch die Allerjüngsten?

Er ist tot.

Nein! Seit wann?

Schon lange – schon lange. Sein Herz hat ausgesetzt.

Wie schade! Er ist tot. Er war eigentlich ganz gutherzig.

Ja.

Ja, das war er. Wirklich. Lustig und gutherzig. Und wir durften wirklich bis nach der ersten Niederkunft bei ihm bleiben.

Oh, ich erinnere mich, ich war die niedlichste kleine Mutter. Spielte neun Monate lang Anschwellen und half eifrig bei den Vorbereitungen, ungeschickt, aber sehr willig. Ich lutschte an einem Tamarindenkern und spuckte ihn aus. Eine Kind-Mutter – genau das war ich. Aus meinem jungen Mund brach das verdorbene Lachen der befruchteten Frau. Von da an war ich völlig aufgeblasen – ich wusste jetzt alles. Ich trug mich selbst aus. Ich wurde müde vom Austragen, ich konnte nicht mehr, ich pulsierte von innen heraus, ich wurde immer mehr. Wie traumverloren ich am Strand saß und mit meinen Muscheln spielte, meiner schwarzen Muschel und meiner weißen Muschel. Wie freundlich die anderen Frauen zu mir waren. Wie sie mich hüteten, wie ein Kleinod. Als ich so grässlich hustete, ging eine von ihnen extra zu den Marktfrauen, um Weidenwurzeln zu kaufen, die sie zum Glück auch bekam, und gab mir einen Aufguss davon zu trinken. Und wenn ich über die geringsten Kopfschmerzen klagte, musste ich ein Gebräu aus Farnblättern hinunterschlucken, das, wie sie sagten, auch gegen Bauchschmerzen gut sei: Der Kopf bekomme es nämlich vom Bauch. Ich war gut versorgt, umringt und beschützt; Worte wurden mir verständlich, und ich fühlte mich glücklich, aber zu ungeschickt, und ich wünschte, alle würden mir aus dem Weg gehen.

Niemand konnte oder wollte mir sagen, wen ich anrief, als der Kopf des Kindes austrat. Es war ein Schrei zurück zu dem Ort meiner eigenen Geburt. Dort klang er wider. Dort klingt er wider.

Mein Kind war so gierig. Es brauchte nur einen Laut von sich zu geben, und ich fütterte es. Bald schon war es fast zu schwer zum Tragen. Für meinen Besitzer existierte ich nicht mehr. Schon war ein anderes kleines Ding an meiner Stelle. Ich sprach nicht mit ihr.

Ich wurde zum zweiten Mal auf dem Platz beim Meer verkauft, wo die zerfledderten Rizinusbäume immer noch standen. Ich wurde aus zweiter Hand verkauft. Ich war ein beschädigtes Spielzeug; für mein Bündel von Baby und mich wurde getrennt geboten, und wir wurden getrennt verkauft. Einfach Spielzeuge. Nützlich, gewiss. Mein Besitzer fand, er hätte sein Geld vergeudet. Ein Unbekannter griff sich mein Kind. Was war beschädigt? Ein anderer untersuchte meinen Kopf, das Innere meines Mundes, mein Becken, meine Arme und Beine. Er war im Zweifel. Was war schief? Ein Kaufmann schickte einen Mittelsmann, um so viele Sklaven zu kaufen wie Finger an einer Hand. Wo war es undicht? Wo hatte es einen Sprung? Was war daran geflickt? Die Sonne brannte auf meinen Kopf nieder. Ich wollte ohnmächtig werden. Einzelheiten über die tägliche Verwendung des weiblichen und des männlichen Geschlechts. Einer nach dem anderen. Ich blieb übrig. Auf einem Bein. Auf dem anderen Bein. Nägelkauend. Was fehlte? Was war verdreht? Ich sah mein Kind nicht mehr. Ich drehte mich um mich selbst. Nichts zu sehen. Ich schrie innerlich. Könnte ich doch meinen Bauch aufschneiden und meine Eingeweide herauszerren. Ich sah mich nach einem Messer um. Könnte ich mich doch selbst ausspucken. Mein Herz erfror. Wer kaufte mich?

Verhasstes Wesen. Du bist ekelhaft wie ich. Komm und schüre dein Übel in mir. Ich bin böse und gefährlich. Ich bin die ausgetrocknete Affenzitze und das frische, schlüpfrige Ochsenauge, abgezogene Menschenhaut und das Gift der tödlichen Meeresschnecke mit dem Saugmund. Ich bin der Hass und die Maske des Hasses. Ich bin entstellt. In meinem Blut ist eine Schlange. Ich trinke mein eigenes Blut. Ich trete in meiner Ohnmacht um mich. Ich strample mich hilflos ab.

Männer kamen und sangen wie Mädchen, um die Geister zu besänftigen, aber die Feuer wollten nicht auflodern. Timbilaspieler aus der ganzen Stadt umringten mich in einem Kreis aus klirrenden Latten, deren Wasserlaute, Laute wie Wassersterne, Sterntropfen, Tau von bitteren Sternen, mich kühlen und mit ihrem Tropfen meinen Aufruhr löschen sollten. Aber was war ich, wenn ich nicht mehr mein Kind war? Wie konnte ein leidendes Wesen Reue empfinden?

Schließlich der Goraspieler. Schlag die einzelne Saite an, und ein Strom von nachdenklichen Tönen läuft an ihr hinunter, ein kontinuierliches Anschlagen von Tönen, die alle sogleich zur Erde fielen und Sand wurden und im Sand liegen blieben, um niemals zu keimen. Hinunter glitten die Töne, immer aufs Neue tief in den Sand hinunter. Tiefer als je eine Pfahlwurzel reicht.

Tiefer als das Königreich der Regenwürmer. Es reichte. Es war begraben. Es war vollbracht. Ich wurde aufgelesen und offenbar für eine lächerliche Summe verkauft. Der Goraspieler hörte auf zu spielen, steckte seinen Stock in seinen Gürtel aus einem Lederriemen, legte sich die Gora über die Schulter und ging davon.

An diesem Tag kaufte mein neuer Besitzer einen glänzenden Hahn mit hellgelben Federn an Kopf und Kehle, mit purpurbraunem Hals und beeindruckend gelbbraun gesprenkeltem Rücken, die Flügel prachtvoll schwarzgrün mit rostfarbenen Spitzen, die Brust ein Glitzern von Dunkelgrau und Grüngold, einen kräftigen Hahn mit stolzem Krähen, und mich.

Der Hahn spazierte nach Belieben im Hof herum und bestieg nach Belieben die Hennen. Er krähte uns morgens wach, aber er krähte auch abends, um gutes Wetter anzukündigen, worauf es in Strömen goss. Wir drohten ihm mit dem Suppentopf. Hahn, Hahn, wir wollen dich verspeisen. Hahn, Hahn, flieg auf den Dachgiebel unserer Hütte und kräh den Tag rot. Dein Besitzer ist geizig mit seinen Hühnern. Ich meine, unser aller Besitzer. Du und wir, Hahn, Hahn, dein Gekrähe und Gescheiße und unser Geschnatter und unsere Ausscheidungen, unsere Babys, unser Schmuck aus den Samen von Papawoholz, die Tücher für unsere Körper, das Haus und das Lagerhaus voll von Gewürzkörben und Ratten – alles seins. Die Kochgeräte, das Essgeschirr, unsere Läuse, die Kakerlaken, die Ameisen in den Ritzen der Wände und die Erde rings um das Haus – alles seins. Meine Arbeit seine. Mein Schlaf seiner. Mein Kommen und Gehen. Mein Schweiß. Mein Haar. Die Sohlen meiner Füße. Die Ameise kann sich verstecken. Genauso die Kakerlake. Und die Ratte. Ich nicht. Ich weiß nicht, wo. Du und ich, Hahn, wir stecken in der Falle.

Als ich mein drittes Kind erwartete, suchte ich einen Abtreiber auf. Meine Freundin trat mir in den Weg. Das Leben betrügt mich, das Leben ist giftiger Honig, klagte ich müde. Sie warf die verführerisch duftenden Wurzeln des Kreuzblumenbaums fort, die ich gekauft hatte.

Womit hast du bezahlt? fragte sie.

Mit mir selbst.

Sie schalt mich. Hure, sagte sie zu mir, worauf ich lachen musste.

Wenn das stimmte, wäre ich reich.

Geh weg! schimpfte sie.

Ja, scherzte ich gereizt: Die Welt ist so weit, wie das Auge des Herrn reicht.

Eines Tages. O ja, eines Tages. So weit, wie das Auge des Herrn reicht, aber ich wollte noch weiter gehen. Eines Tages.

Die Welt meines nächsten Wohltäter-Besitzers reichte einfach weiter, von den Tiefen des Buschs bis zum Horizont, und sie umfasste Verhandlungen mit Goldgräbern und Holzfällern, den Versand von Gütern entlang der Küste und – dank der Vermittlung des charmanten Fremden, dem ich, ein schamloses Sklavenmädchen, mich versklavte – selbst in Länder jenseits des Meeres.

Es war weit, aber ich wollte noch weiter fort. Ich hatte Sehnsucht nach Entfernung.

Hier in meinem Baobab bin ich immer noch auf allen Seiten vom Horizont begrenzt. Lässt sich ein Horizont denn niemals durchbrechen? Das Leben ist trügerisch wie giftiger Honig. Da ich von weither kam, dachte ich, ich sollte vielleicht alle Landschaften, die an mir vorbeigezogen waren, im Kreis um mich versammeln – das ergäbe sicherlich einen ausgedehnteren Horizont. Je weiter ich reisen würde, umso mehr müsste er sich ausdehnen. Doch in Wirklichkeit ist alles auf das Maß eines Baums zusammengeschrumpft.

Hier ist Stillstand. Hier sind Hohlraum und menschliche Erzeugnisse. Hier ist Fürsorge – ich zögere, es Anbetung zu nennen – vonseiten der kleinen Menschen, die so tun, als seien sie unsichtbar. Hier sind Gaben von Wild und Ximenia-Pflaumen und essbaren Pilzen. Meine Straußeneischale mit dem säuberlichen kleinen Loch zerbricht und wird ersetzt. Meine Perlensammlung wird aufgefüllt. Ich bekomme Kleider. Ich fühle mich wohl, ich fühle mich vorzeigbar in meiner Lederschürze und meinem mit Springhasenknochen verzierten Umhang, mit meinen selbst aufgezogenen schwarzen und grünen Perlen und meinen langen Ketten aus Straußeneischalenplättchen. Es ist die Kleidung eines neuen Lebens, in der ich rund um den Baobab reise, ohne ihn je aus den Augen zu verlieren, denn was auf dem Weg zurück liegt, ist ein für alle Mal dahin, und was in jeder erdenklichen Richtung auf der anderen Seite liegt, ist nicht dazu bestimmt (bittere Erkenntnis), dass ich es selbst in die Hand nehme.

Ich sei eine Melancholikerin, aber immer auf der Suche, sagte mein immer reisender, immer umherziehender, mein immer charmanter Fremder, als der älteste Sohn ihm das Angebot machte. Es gefiele mir, etwas auszukundschaften. Etwas zu entdecken. Ich könne mich nicht für die Menschheit begeistern, aber ich würde immer wieder neue Dinge ausprobieren und wäre immer auf der Suche.

Nein, ich will ihn nicht verfluchen. Er hätte es wissen müssen, dass ich keine andere Wahl hatte, als ihm zu folgen, denn ich war keine Sucherin, sondern wurde von einem Zufall in den anderen getrieben, und wer immer mich kaufte, musste mich behalten und würde mich auch diesmal behalten. Manchmal war es angenehm vorteilhaft und bequem, Eigentum zu sein. Ich war einfach ein Wesen, das zu jemand anderem gehörte.

Schon vor dem Tod des jüngsten Sohns hatte der älteste Sohn den phantastischen Plan entworfen und angefangen, Vorbereitungen für eine völlig neue Art von Expedition zu treffen. Niemand hatte je von etwas Derartigem gehört, und die Bewohner unserer Stadt waren nicht unwissend. Nachrichten von jenseits der Meere und aus dem Landesinnern erreichten sie regelmäßig. Als gewiefte Händler waren sie allem gegenüber skeptisch, was auf reinen Mutmaßungen beruhte und was ihrer wohlerwogenen Meinung nach das leere Geschwätz von Dichtern war. Der Traum vom Unbekannten. Der Reiz des Fremden. Mit dem Wissen spielen. Dafür besaß die Stadt ihre Außenseiter, subtile Wortkünstler und die Geschichtenerzähler auf den Plätzen, denen die Kinder mit offenen Mündern lauschten und deren Beliebtheit, genau wie bei den Wortkünstlern, damit stieg oder fiel, ob sie ihre Zuhörer und Leser zu packen wussten oder langweilten. Ja, sie, die bunten Verrückten. Und wenn der Erbe eines reichen Mannes töricht romantisch handeln und beweisen wollte, dass es eine Überlandroute geben müsse, dann bedeutete das, dass man in seiner Abwesenheit beten konnte. Es bedeutete, dass die von seinem Vater so sorgfältig eingefädelten und gepflegten Handelskontakte jetzt für jeden Zugriff frei waren und von jedem übernommen werden konnten, der verschlagen und schnell genug war. Niemand erwartete irgendeine Konkurrenz von Seiten des mittleren Sohnes, denn dieser hatte sich schon lange in einem bemerkenswert profitablen Bordellgeschäft eingerichtet und betrieb es unter dem glanzvollen Deckmantel des Goldhandels, den er bereits mehrere Jahreszeiten vor dem Tod seines Vaters übernommen hatte.

Und dann kam es zu dem unglücklichen Unfall des jüngsten Sohns, des Sorglosen. Soviel Unheil kam über das Haus. Auf den Tod des Vaters folgte der Streit zwischen dem ältesten Sohn und der boshaften unverheirateten Tochter. Wütend verließ sie die Familie. Von nun an nährte sich ihr ausgetrockneter Geist an Rachegedanken, die ihr ganzes Dasein aufblähten, denn vom frühen Morgen bis spät in die Nacht intrigierte sie und schmiedete Pläne, wie sie den ältesten Sohn in die Knie zwingen könnte, selbst wenn es den Untergang ihrer selbst, der verheirateten Schwestern und ihrer beiden Brüder nach sich ziehen sollte. Sie hatte das Aussehen einer gejagten Kreatur. Sie hatte den Geruch einer Krebskranken, und sie vergiftete mit der Bosheit und Gerissenheit ihres Atems alles, womit sie in Berührung kam. Sie war von Bitterkeit verseucht.

Ich ging ihrem Atem aus dem Weg und fühlte mich mit weichgewordenem Herzen dem jüngsten Bruder verbunden, dem ich vererbt worden war. Er war gut und freundlich und nicht im mindesten an den Sklaven, den Sklavenmädchen und seinen übrigen ererbten Pflichten interessiert, sondern ging unerschüttert, mit gewinnendem Lächeln und einem gelegentlichen Gruß, seine eigenen Wege.

Nein, ich glaubte nicht an die Geschichten, die weismachen wollten, er habe aus Liebeskummer seinen eigenen Tod gesucht. Jemand, der seinen Weg durch die Korallenriffe so gut zu finden wusste wie er, stolpert nicht einfach, flüsterten die Sklaven untereinander ebenso wie die Trauernden im Haus. Zwei Schicksalsschläge zwischen Neumond und Vollmond. Wie lange währt ein Menschenleben? Von einem Aufzucken des Blitzes bis zum nächsten. Von dem Anschwellen eines Tropfens bis zu seinem Fall. So lange währt ein Menschenleben. Köpfe wurden geschüttelt und Hände gerungen – ja, nur so lange währt das Leben. Der junge Baum wurde gefällt, die Reise war kurz, das Schiff kenterte und sank: All solchen Unsinn, passend zum Ereignis, brachten die Trauernden fromm hinter sich.

Nein, er war nicht der Typ, der mutwillig auf einen Steinfisch trat. Vielleicht hatte ihn einer seiner Gefährten beim Namen gerufen, um ihn in dem purpurnen Tiefseewasser jenseits des Riffs auf einen Schwarm Seeratten aufmerksam zu machen, und er war auf der scharfen Korallenbank ins Wanken geraten und hatte das Gleichgewicht verloren. Das war wahrscheinlicher. Das war es auch, was seine Gefährten sagten. Sie brachten ihn auf einer Bahre nach Hause, und er war im Tod genauso schlank und schön wie am Morgen, als er das Haus verlassen hatte, um in jener abgelegenen Bucht fischen zu gehen. Hilflos hatten sie mit ansehen müssen, wie er sich, an den Strand zurückgetragen, außer Kontrolle zu Boden warf und um sich schlug, wie Schaum aus seinem Mund trat und wie er dann still wurde und wieder in seiner ganzen Schönheit erschien. Nach dem kurzen Zwischenspiel des Wahnsinns, das ihm in den Tod hinübergeholfen hatte, war er im Tod wieder so vollkommen und unberührt, wie er es im Leben gewesen war – ein in sich verschlossener junger Mensch, der, vermute ich, bei seinem selbstversunkenen Charme niemals weder echte Freundschaft erlebt noch irgendjemandem Feindschaft geschworen hatte.

Ich rechnete mir aus, was ich durch seinen Tod zu verlieren und was ich zu gewinnen hätte. Zum soundsovielten Mal wurde nach einer bloßen Laune über meine Zukunft entschieden. Ich wartete angespannt. Denn ich kannte diese Angst. Waren sie und ich nicht alte Freundinnen? Wenn mir je irgendjemand die Treue gehalten hatte, dann sie, vielleicht weil sie ein Teil meiner selbst geworden war und meinen Herzschlag ebenso begleitete wie meinen Atem, weil sie im Weiß meiner Augen und Zittern meiner Finger saß. Meine Gefährtin, die auf meinem erzwungenen Marsch mit mir vertraut geworden war, die es sich offen an meiner Seite bequem gemacht und ihren erstickenden Atem über mich gehaucht hatte – hier war sie wieder.

Als ich mich am Todestag meines Wohltäters von Liebe aufgeweicht und verwirrt auf die Suche nach dem Fremden machte, war die Angst ebenfalls meine Begleiterin. Angst und Sehnsucht waren es, die mich vorantrieben; und Unsicherheit – die einzige Gewissheit, mit der ich immer rechnen konnte – führte mich in Straßen, in denen die Mauern vor Schimmel in farbige Schwären ausgebrochen waren, wo die Tore schief und faulig in den Angeln hingen und wo ich ein Gebäude und einige von den Sklaven wiedererkannte, die dort mit Körben auf dem Rücken ein- und ausgingen. Es war das Lagerhaus meines vorigen Besitzers, und ich beschloss, meine Freundin zu besuchen, kam in meiner prächtigen Seidenrobe, mit meiner neuen raschen Redeweise, meinen erlesenen Manieren an, und da stand ich, ungeschickt vor Verlegenheit, gefangen in meiner Unnatürlichkeit.

Sie saß mit übergeschlagenen Beinen vor der baufälligen Hütte und kratzte mit einem Stock im Sand. Die Hennen und Küken pickten wie früher im Hof, rings um die Hütten, das Haus und die Mangobäume, und es stank säuerlich nach heruntergefallenen Früchten. Die Hühnerscheiße und der Dreck schienen ihr nichts auszumachen. Ein nacktes Baby mit Rotz auf der Oberlippe kroch an einer Seite des Hofs umher und steckte sich dreckigen Sand in den Mund. Ich fragte sie, ob es ihres sei. Sie antwortete nicht. Sie starrte mich an. Ich wollte das Baby hochnehmen, besann mich jedoch eines Besseren. Ich überlegte, was ich ihm geben könnte. Meine Freundin starrte mich an. Als ich davonging, spürte ich ihren stechenden Blick auf mir. Ich spürte, wie jemand etwas nach mir warf und mich traf. Ich drehte mich um. Ich sah, wie sie Händevoll Sand griff und nach mir warf. Ich rief ihren Namen. Das Baby, das auch von dem Sand getroffen wurde, lachte vor Wonne. Dann fing es an zu weinen. Ich ging wie erschlagen fort. Das Baby schrie vor Wut.

Auf dem Rückweg kam ich am Schlachthaus und den hohen Palmen vorbei, die sich bemühten, nichts zu sehen. Ich ging an den Marktfrauen, dem Sklavenplatz und den Skiffs vorüber, die auf den Strand gezogen waren, die Masten wie komische Fühler abgeknickt. Ich sah die einzige Dhau auf der Dünung tanzen, rief wieder meine schrille Frage zu dem Fremden hinüber, sah wieder die verneinenden Gesten und ging also zu dem großen, trostlos stillen Haus zurück, über dessen Gartenmauern Jasminbüsche quollen und ihren Duft dem Dienst des Toten weihten.

Wie war mein Wohltäter zu seinem Reichtum gekommen? fragte ich einmal den Fremden, als er und ich als Einzige übriggeblieben waren. Ich streichelte die erbsenförmigen Schwellungen der Opferzeichen auf seiner Stirn. Meine Finger glitten über sie. Die zwei verrückten Pioniere, die wir geworden waren, waren jetzt einander ergeben.

Wie? wiederholte ich meine Frage zwischen den Schimpfrufen eines Turakos. Meine Finger glitten über seine Lippen, die purpurn waren wie eine Feige. Wie dünn er geworden war, durchfuhr es mich. Seine Wangen so eingesunken. Er lag mit geschlossenen Augen in einer Mulde voll weicher, schimmelnder Blätter.

Neugieriges Ding, versuchte er mich zum Schweigen zu bringen. Ich fragte weiter.

Deinesgleichen haben ihn zum mächtigsten Mann der Stadt gemacht, sagte der Fremde dann. Du müsstest dich eigentlich geschmeichelt fühlen. Dein Wohltäter war ein Kenner höchsten Grades und kaufte nur selten minderwertiges Material. In deinem Fall hatte er vollkommen recht. Sieh doch – er wies auf mich –, deine Körperproportionen sind von seltener Symmetrie.

Er wollte mich streicheln. Ich zog meinen Arm zurück.

Wie ist er zu seinem Reichtum gekommen?

Wieder begann der Fremde mit ausweichenden Erklärungen über die ästhetischen Erwägungen, die den Wohltäter-Kaufmann zu seiner Suche nach Vollkommenheit geführt hätten, seiner Suche nach einem Gleichgewicht zwischen einem schönen Äußeren und dem inneren Wert, die ihn ebenfalls dazu geführt hätte, seine Sklaven als eine Sammlung von Kunstobjekten anzusehen, die er mit äußerster Sorgfalt und dem Blick für Investitionen erwarb und manchmal mit Profit weiterverkaufte, nachdem er – wie zugegebenermaßen in meinem Fall – ihr Niveau durch Erziehung gehoben hatte. Dann machte er mir klar, mein Wohltäter habe meine Qualitäten außergewöhnlich hochgeschätzt, so hoch, dass er mich nie verkauft und mich sogar an seinem Totenbett geduldet hatte.

Aber dadurch ist er nicht reich geworden, wandte ich ein. Er muss schon vorher sehr viel Geld gehabt haben, um sich solch ein Hobby leisten zu können. Woher nahm dieser Mann die Mittel dazu?

Und wenn ich dir sage, er war ein Räuber?

Dann war er eben ein Räuber.

Ein Sklavenjäger?

Jeder ist ein Räuber von irgendetwas. Ich kenne überhaupt nur Räuber.

Bin ich auch einer?

Wie soll ich das wissen?

Und wenn ich einer wäre?

Dann bist du es eben.

Ich raube Geld, ich raube keine Menschen, sagte der Fremde. Ich raube auf offener See. Ich raube, bevor ich beraubt werde, bevor ich zur Beute werde.

Wie ich, sagte ich.

Ja.

Hat mein Wohltäter uns im Landesinnern gejagt?

Nein, lachte der Fremde, auf die Weise wird man nicht reich. Der Aufwand ist die Mühe und den Gewinn nicht wert. Besser man ist Elfenbeinjäger, denn da handelt man mit etwas Totem, das leichter zu transportieren ist. Menschen dagegen sterben wie die Fliegen, müssen ernährt werden und versuchen zu fliehen, und die Ausgaben für Bewacher, Nahrung, Waffen sind enorm. Der Verlust von Menschen ist mit dem Verlust von Kapital zu vergleichen. Nein, es ist der ungewöhnliche Typ Mann, der Sklavenjäger wird. Er läuft außerdem Gefahr, selbst getötet und beraubt zu werden. Und genau da hat dein Wohltäter angesetzt. Er hatte überall seine Spione und Boten. Er überfiel die Sklavenjäger und ihre Konvois irgendwo nahe der Küste aus dem Hinterhalt, wenn alle, Gefangene wie Wachen, todmüde waren und wenig Widerstand boten. Das war, als er jung war. Er brachte genug Geld zusammen, um sich sein Haus zu bauen, wo er als etablierter, angesehener Bürger in Frieden leben konnte. Er kehrte der Räuberei den Rücken und konzentrierte sich auf Gold, Amber und Holz, auf Kupfer, dem die Reichen der Stadt mehr Wert beimaßen als Gold, und auf sein Hobby.

Dann lag der Fremde still, mit geschlossenen Augen da, als sei er vom Reden erschöpft.

Ich fühlte mich hilflos vor Erniedrigung, aber ich bemühte mich, nicht zu weinen oder wenigstens nicht sichtbar oder hörbar zu weinen. Besitz und Liebe sind Begriffe, die sich gegenseitig verdammen. Ich wollte nicht sein wie er und die anderen, all die anderen in meinem Leben, angefangen bei meinen frühesten

Erinnerungen an Hütten und Mutter und Sicherheit in einem nebligen, schwülen Waldbecken, meinen Erinnerungen an den lüsternen Mann, der mich kaufte, um mich zu entjungfern, und den Gewürzhändler, dessen Bemühungen ich mit knirschenden Zähnen ertragen musste – ich wollte nicht sein, wofür sie mich alle ansahen, alle, mein Wohltäter in seiner Väterlichkeit ebenso wie dieser hier, dieser Mann, den ich mit meinem ganzen Körper umarmte und immer aufs Neue in mich kommen ließ, um absolut voll von ihm zu sein, krampfhaft voll und satt und erfüllt, fließend, bis ins Mark befriedigt, wenn ich ihn selbstgefällig zu einem Teil von mir, ausschließlich mir, machte – auch er, der mich soeben in Einzelteile zerlegt und wie einen Ausstellungsgegenstand beschrieben hatte – selbst er. Doch ich war anders, als sie alle glaubten, völlig anders, als sich irgendjemand auch nur vorstellen konnte, und ich wies sämtliche Ansichten, sämtliche Bemerkungen und Vorwürfe der Frauen in meinem Leben von mir, denn was wussten sie schon, wer ich war, was wusste denn auch nur einer von ihnen allen überhaupt.

Ich erinnerte mich an die sarkastischen Bemerkungen der Dichter über Frauen im Allgemeinen, aber damals hatte ich sie mir nicht zu Herzen genommen: Ich schloss mich, um die Wahrheit zu sagen, dieser sogenannt eleganten Herabsetzung an und empfand die oberflächliche, zur Schau gestellte Lüsternheit nicht als abstoßend und direkt verdammenswert. Eitelkeit. Eitel und frivol nahm ich daran teil. In luxuriöse Stoffe gekleidet, die mich wie eine Liebkosung umhüllten, meine Füße in Saffiansandalen und bald in all den kleinen Verführungskünsten erfahren, schloss ich mich dem Gerede und Gelächter an. Ich spürte, ich wusste, ich stand in der Blüte meiner Jahre. Ich lachte rückhaltlos. Ich sandte mein Lachen aufwärts und hinaus und pflückte mir die blasspurpurnen Doppelsterne wilder Kastanienblüten für mein Haar.

Mein Wohltäter lächelte. Er fand es reizvoll. Wenn ich meine Arme um ihn legte, war es, als beschützte ich ein Kind. Verrückt, da doch er mich besaß, aber so war es. Er schmiegte seinen Kopf an meine Schulter wie ein Kind, mit der Unschuld eines Kindes. Und mit einem Mal verwandelte er sich, wurde weiser als ich, schalt mich, ergriff die Initiative und begann das Liebesspiel, und wenn wir miteinander schliefen, war er sowohl Vater als auch Sohn und ich sowohl Mutter als auch vertrauensvolle Tochter. Wir erlebten alles miteinander, vollkommen, und wünschten uns weiter nichts. Bis er später, als ihn das Fieber übermannte, so erbärmlich abgemagert und lustlos wurde, dass er kaum noch im Esssaal erschien, sondern lieber auf kühlen Palmmatten in seinem Zimmer liegen blieb. Nachmittagsregen draußen; die Kühle, die der Abend bescherte und der in der Nacht als Zugabe das scharfe Funkeln der Sterne folgte, der weiße Schwall Mondlicht über ihm – all das bewirkte nur wenig, um seinen Geisteszustand zu ändern. In jeder Ecke des Raums schimmerte das Auge des Todes. Manchmal starrte er abwesend über das Meer und wies den Saft aus bitteren Früchten zurück, den ihm eine von uns in einer zierlichen Porzellanschale reichte. Desgleichen missachtete er die Rezepte der besten Ärzte der Stadt, murmelte mit rauer Stimme lakonisch seinen Dank und machte keinen Gebrauch davon.

In meinen vollkommenen Armen starb er, von meinen vollkommenen Schenkeln gehalten, an meine vollkommenen Brüste gelehnt, er und ich, Vater, Mutter, Kind, Besitzer, das geschätzte Kunstobjekt, die Dienerin, ein Liebespaar.

Es war allzu lange her, um ihn jetzt hassen zu wollen. Es war nicht an der Zeit, irgendjemanden zu hassen und auf Rache zu sinnen. Das Veld bedrohte uns. Ich wandte mich wieder dem Fremden zu, dessen sanfte Art ich auf dieser endlos langen Reise zur Fata Morgana einer Stadt in einer blühend roten Wüste ebenfalls entdeckt hatte. Hatte ich mich früher von seiner geistreichen Art bezaubern lassen, so lernte ich nun seine Menschlichkeit und Hilfsbereitschaft schätzen. Die Umstände waren wirklich keine Anregung für tiefe, von leichtherziger These und Antithese verzierte Gespräche, und in jenen Tagen kam es selten vor, dass wir miteinander sprachen. Ich glaube, die uns umgebende Stille war zu groß. Sie zwang uns Achtung ab. Nein, es ist töricht, das zu glauben, denn in Wirklichkeit waren wir gewöhnlich zu müde, um eine Unterhaltung anzufangen. Ich konnte nicht leugnen, dass es schlecht um uns stand. Wir schleppten uns hintereinander her durch den heißen Landstrich, unser müder Blick maß die Entfernung bis zum nächsten Fleckchen Kühle und der Erlösung durch ein Blätterdach, und obwohl wir wussten, dass wir es uns nicht leisten konnten, verweilten wir auf diese Weise immer länger im Schatten von Bäumen. Wie jetzt.

Wir tauschten entschuldigende Blicke. Ich nahm seine Hand und presste seine Finger an meinen Mund.

Wir mussten weiter. Es war nutzlos. Wir mussten uns entschließen. Wir dachten an die lockende Stadt und alles, was uns dort erwarten würde. Wir füllten mit unserer Phantasie die mageren Informationen, die uns die Jäger gegeben hatten, aus, und je tiefer wir ins Landesinnere drangen, je weiter wir uns von zu Hause entfernten, je öder der Busch und je langsamer und unwilliger unsere Körper wurden, um so üppiger schmückten wir die Bilder aus, die wir heraufbeschworen hatten. Wir sahen nicht, dass wir allmählich so taten, als müsse das von uns Ersehnte existieren. Wir sprachen von der Stadt, als sei es eine vollendete Tatsache, dass wir sie bald erreichen würden, nur noch einen Tag und dann noch einen Tag, nur noch ein paar Tage und dann noch ein paar Tage, und wir würden sie am Horizont liegen sehen, flach und schimmernd am Fuß von Bergen, die aus reinem Rosenquarz bestünden.

Ich träumte von diesem Rosenquarz. Meine Träume waren randvoll von Rosenquarz. Ich konnte mich kaum bewegen inmitten der schroffen Brocken. Der Boden meiner Träume wie die Säulen und die Decke meiner Träume bestanden aus Rosenquarz. Ich spähte durch Rosenquarz hinaus in den Rest der Welt. Ich zog mich in Rosenquarz zurück und nickte zufrieden ein.

Doch zunächst müssten wir den Sumpf durchqueren, hatten die Jäger gesagt.

Je brennender ich mich danach sehnte, die Stadt am Fuß der Rosenquarzberge zu sehen, desto länger wollte ich den Anblick des Sumpfes davor hinauszögern. Denn ich glaubte nicht an die Beschreibung von Mustern aus weißen und grünen Seerosen auf tauklarem Wasser, wohin man auch sähe, von goldenem Schilf, an das sich die winzigsten, rot und silber bemalten Frösche klammerten, und von Spinnen, die aus dem Geglitzer ihrer

Netze fielen, wenn sich unter den Einbäumen das Gras neigte.

Ich hatte gesehen, was ein Sumpf ist, als wir das Meer hinter uns ließen. Ich fühlte seine drückende Luft auf mir, und sein beißender Geruch reizte meine Nase. Seine bis in den Dunst reichende grüne Endlosigkeit schloss mich ein. Ich hörte ein Saugen und Blubbern und sah die Mäuler von Krokodilen im blutergussfarbenen Schlamm liegen. Ich sah Moskitos in einem Nebel über den Teichen. Ich sah, wie Mangrovenschlammspringer halb herauskrochen und mich frech anglotzten. Und das Schlimmste war die Stille, die ich undeutlich von früher her wiedererkannte. Es war die Beklemmung, die auf einer Reise des Grauens vor so langer Zeit auf mich gelauert hatte, dass ich kaum fähig gewesen wäre, davon zu berichten. Doch ich erkannte diese Stille wieder. Es war die tiefe, umfassende Stille, die über dem lärmenden Gequake der Frösche lagerte. Diese Stille war von einer Schwere, die mir die Lebenslust abschnürte und mich schließlich, nach einem endlosen Tag, in den Schlamm drücken und mit dem Flügelschlag der Nacht begraben wollte. War es die Unermesslichkeit, die mir gelbe Schweißtropfen auf die Stirn trieb und mir das Atmen schwermachte? Ich erkannte sie wieder. Und die Angst, eine klebrige Angst, die mir die Kehle zuschnürte. Ich erkannte die Angst wieder. In wie vielen Formen sollte ich sie wohl noch erfahren? Ich kannte die Angst vor Blutrünstigkeit, vor Isolation, Unwissenheit, Strafe, Verlorenheit. Ich kannte sie.

Diese Angst hing in der Luft. Sie reichte bis zur Küste, wo mit Hütten und Pfahlzäunen, Herden unbewachter

Ziegen und Abflussrinnen voll von Exkrementen die Stadt meiner verschiedenen Besitzer begann – die geschäftige Handelsstadt, in die ich entführt worden war.

Ich hatte früher schon versucht, mir eine Art von Existenz vorzustellen, in der ich kein Eigentum wäre, aber diese Vorstellung fiel mir nicht leicht. Was wäre in meinem Heimatland aus mir geworden? Wäre ich zum Beispiel anders gegangen, hätte ich anders gesessen oder gestanden? Hätte ich andere Freundschaften gehabt und ganz andere Meinungen? Hätte ich eine Religion angenommen? Hätte ich einen Mann gehabt und Kinder nur von ihm? Kinder, die ich aufgezogen hätte, bis sie auf eigenen Füßen hätten stehen können? Plötzlich dachte ich: Ich hätte Großmutter werden können. Enkelkinder, die in einem Hof voll zahmer Perlhühner um mich herum spielen ...

Plötzlich sah ich: Hier, in dieser Stadt, würde ich niemals Großmutter werden. Hier erfüllte ich meine Mutterfunktion, bis meine Kinder mir an die Hüfte reichten, und dann verlor ich jeden Einfluss auf sie. Sie verschwanden aus meinem Leben. Für mich gab es keine Kontinuität, keine Verbindungen rückwärts oder vorwärts. Es gab nur Kommen und Enden, eine Endgültigkeit, als würde die Dunkelheit zur Dauer. Wäre es der Tod gewesen, hätte ich Gewissheit gehabt. So wusste ich es nicht.

Wo waren die Kinder, die ich zur Welt gebracht hatte? Wie sollte ich sie wiedererkennen, wenn ich ihnen irgendwo plötzlich begegnete? Würde ich sie überhaupt wiedererkennen können? Manchmal sah ich mir aufmerksam junge Gesichter an, suchte nach mir selbst in ihren Zügen, ihren Stimmen, ihrem Verhalten, ihrer

Haltung – in der bitteren Annahme, meine Kinder seien alle noch hier und man hätte sie nicht zum Dienst in andere Städte und Länder verkauft. Ich fragte mich, ob ich fähig sein würde, eins meiner Kinder durch mein eigenes Muttergefühl wiederzuerkennen, gleichgültig, wo oder wie wir uns begegnen würden. Würde ich wissen, dass es mein Kind war? Würde augenblicklich ein Schimmer des Wiedererkennens in mir aufsteigen – eine Sehnsucht, es an mich zu drücken? Wäre also ein genaues Identifizieren überflüssig durch ein bittersüßes Wissen in mir, durch eine Quelle der Gewissheit, wärmer als die Sonne, wie Mütter sie angeblich haben? Denn Mütter sind letztlich unergründlich.

Es war mir noch nicht passiert. Und ich hatte auch noch nicht von einem solchen Fall gehört. Aber ich forschte weiter in Kindergesichtern und horchte auf Kindergespräche.

Im Hause meines Wohltäters gehörte es zu meinen Pflichten, mit seinen Enkeln zu spielen, wenn seine verheirateten Töchter oder sein mittlerer Sohn mit ihren Familien zu Besuch kamen. Solche Besuche kamen häufig unangemeldet, zu jeder beliebigen Zeit, und ich genoss den Spaß. Ich sah es gern, wie die Kleinen Süßigkeiten verschlangen. Ich hatte es gern, wenn sie unermüdlich an mir hoch und über mich hinweg kletterten, und ich erzählte gern Geschichten; nur mit den älteren Jungen und Mädchen kam ich nicht so gut zurecht. Ihnen gegenüber fühlte ich mich seltsam befangen. Es war, als müsste ich mir ihre Gefühle und Wünsche bewusst machen und als wäre mein Mangel an Intuition in meinem Verhalten spürbar, als verriete ich meine Verwirrung und befürchtete sogar, sie könnten einen Makel an mir entdecken, den ich auch durch übertriebene Freundlichkeit und Umgänglichkeit nicht verbergen konnte. Folglich blieben wir distanziert. Zum Glück besaßen einige von ihnen schon ihren eigenen Sklaven oder ihr Sklavenmädchen, das sich um ihre besonderen Bedürfnisse kümmerte, während die Sklavenmädchen, die zum Aufpassen der kleinen Kinder mitkamen, die Arbeit und Mühe nur allzu gern mir überließen. Und ich genoss es. Ich genoss es, schmutzige kleine Münder sauber zu wischen, schrecklichen Anklagen zu lauschen und tröstende Worte für kleine Verletzungen und große Ängste zu finden. He, he! rief ich, nicht den Finger in den Papageienkäfig stecken! O nein! Und ich herzte die kleinen Körper, bis sie vor entzücktem Lachen außer Atem waren.

Es war mir peinlich, wenn mein Wohltäter mich dabei überraschte. Sein Lächeln. Mein Verhalten passte überhaupt nicht zu dem, was ich für ihn zu sein versuchte, und es war sicher nicht gut für mein Selbstbewusstsein in seinem Schlafzimmer. Ich hörte abrupt auf zu spielen und wartete mit hängendem Kopf, dass er wieder ging.

Insgesamt konnte ich mich über meine Stellung und meine Rolle in seinem Haushalt nicht beklagen. Ich betrachtete mich als ein vom Glück begünstigtes, privilegiertes Wesen, ohne Rechte zwar, aber nicht ganz ohne Wahl. Bei weitem nicht alle Sklaven wurden so gut versorgt wie in diesem Haus, was ich aus eigener Erfahrung bescheinigen konnte. Zugegeben, wir schliefen in einem gesonderten Gebäude, aber es war wie das Haupthaus aus Stein. Unser Fußboden war nicht mit Teppichen bedeckt. Wir schliefen auf dicken Kokosfasermatten. Es gab keine reich geschnitzten, niedrigen Tische in unseren Räumen, und es standen keine rotkupfernen Gefäße herum. Aber verglichen mit den heruntergekommenen, vollgestopften Sklavenhütten meines vorigen Besitzers mit ihrem sauren Schlamm und den Löchern in dem windzerrissenen Dach, konnte ich mich ganz sicher glücklich schätzen. Wenn ich meine privilegierte Stellung dazurechnete, die ich bestens aufrechtzuerhalten wusste, hatte ich wirklich wenig zu klagen. Auf dem Terrassendach, das ich dank meines Ranges als Favoritin frei begehen durfte, hielt ich mich gern bei Sonnenuntergang auf, wenn ich es einrichten konnte. Dann betrachtete ich das Glühen, das aus der wolkigen Hitze über dem Landesinnern aufstieg, woher ich stammte, und auf der gegenüberliegenden Seite das dunkelnde Meer, das mich gerufen hatte, und stand in vollkommenem Gleichgewicht gefangen im Zwielicht. In meiner unausweichlichen Vergänglichkeit hätte ich mich wie ein Phantom in das schnelle Schwarz auflösen können. Ich war in Friedlichkeit gegossen und ganz. Wenn ein Hund bellte, löste ich mich aus meiner Versunkenheit und atmete tief – salzige Luft, Geruch von Langusten, Duft von Damaszenerrosen, Nelken und Feldbohnen. Ich konnte die ersten Sterne riechen. Deshalb konnte ich nicht verstehen, warum ich meine Kinder nicht behalten durfte. Deshalb würde ich mich damit abfinden müssen, dass es erwachsene Kinder waren, was mir fehlte.

Deshalb war ich erleichtert, dass ich noch nicht wieder schwanger geworden war.

Und dankbar, dass ich nicht dem ältesten Sohn gehörte, der von so gänzlich anderer Art war als sein Vater, denn die Geschichten von Misshandlungen waren nicht nur Geschichten. Ich hatte die offenen, blutigen Striemen auf den Schultern einiger seiner Sklaven selbst gesehen und sie heimlich behandelt. Es war, als ließe der älteste Sohn seinen Ärger besonders an Männern aus, und er besaß auch keine Sklavenmädchen. Nicht, dass er sie im Haus seines Vaters gebraucht hätte, aber ich fand es trotzdem seltsam. Wir Sklavenmädchen existierten kaum für diesen übelgelaunten jungen Mann, der ewig seinen Stock in der Hand hielt. Er hatte eine barsche Art, mit uns zu reden, wenn es sich nicht vermeiden ließ, zum Beispiel wenn er eine von uns bei Tisch bitten musste, ihm ein Gericht zu reichen, und er beteiligte sich nicht an den amüsanten Galanterien der Schriftsteller. Er saß schüchtern da, halb auf ein Kissen gelehnt, an etwas Essbarem knabbernd, und das Einzige, was ihn wirklich aufleben ließ, war die Geschichte anderer Länder. Dann glühten seine Augen unter der schmalen Linie seiner Brauen. Und dann schloss er die Augen. Seine Lider mit ihren kurzen, gebogenen Wimpern sahen wehrlos aus, wenn sich sein Gesicht so unerwartet entspannte, und wie ein Kind kratzte er sich mit dem kleinen Finger im Ohr und schüttelte den Kopf, und seine Augen öffneten sich starr.

Gut, dass ich so wenig mit ihm zu tun hatte. Mir kam er schwerfällig und verschlossen vor. Gut, dass ich mir nie hätte träumen lassen, ich würde eines Tages eine so lange Spanne meines Lebens in seiner Gesellschaft verbringen. Und selbst, als er uns schamlos im Stich gelassen und alle unsere Habseligkeiten mitgenommen hatte, selbst da konnte ich ihn nicht ergründen. Er hatte die Angewohnheit, Sklaven anzurempeln oder ihnen ein Bein zu stellen und zu grinsen, wenn sie mit einer schweren Last Proviant hinfielen. Gehässig schlug er auf die Sanga-Rinder ein, bis der Fremde einschritt und buchstäblich dazwischenschlug und mit ihm rang. Er machte mich schaudern. Ob er mich in Ruhe ließ, weil Sklavenmädchen für ihn kaum existierten, oder ob er es nicht wagte, sich an mir zu vergreifen, weil ich damals Eigentum des Fremden war, wusste ich nicht. Und weiß es noch heute nicht. In Gesellschaft meines Fremden fühlte ich mich beschützt.

Außer mir vor Verzagtheit sprach ich den Fremden an, als er nach dem Tod des jüngsten Sohns zum ersten Mal wiederkam, und bettelte, er möge mich kaufen, bevor ich auf dem Markt verkauft würde. Das war es, was ich befürchtete, dass ich wieder dorthin gehen und auf dem Platz der Scham stehen müsste. Ich erinnere mich, wie hysterisch ich gestikulierte, wie schrill meine Stimme klang und später wie bebend; dann schwieg ich. Zu gequält, zu erschöpft vom Ringen unter dem Griff der Ungewissheit. Im überdeutlichen Bewusstsein, aufdringlich und vorschnell zu sein. Der kurze Zeitraum, bevor er antwortete, war mit meiner Eindringlichkeit beladen, meine flehentlichen Bitten haderten unziemlich mit seiner Reserviertheit, meine kaltfeuchten, gerungenen Hände waren hilflose Fühler vor seinem Gesicht, mein Knien ein allzu offenkundig schmeichelnder Trick.

Als er mir versicherte, ich würde nicht versteigert werden, wie wunderbar war da der blitzartige Übergang von der ersten fassungslosen Erleichterung zur Gefasstheit und Ruhe. Ich nahm einen Zipfel meines Gewandes vor den Mund, um mein unschicklich rückhaltloses Schluchzen zu ersticken, und dankte ihm scheinbar gefasst, während ich an meinen Gefühlen würgte und laut schreien und mich wie verrückt freuen wollte. Mühsam beherrscht verließ ich ihn.

Denn er kam, wie ich vermutete, zurück, aber dieses Mal aus einem Grund, den ich nicht erraten konnte, weil ich, ohne nachzudenken, annahm, er käme wegen seiner üblichen Geschäfte, um Eisen und Kupfer im Tausch gegen Ballen von Seide und Baumwolle zu kaufen, käme mit dem Monsun an der Spitze der kleinen Flotte von Dhaus unter seinem Kommando wie ehedem, käme über das gekräuselte Blaugrün von weither, wo sich andere Handelsstädte an anderen Küsten in einen Dunst von Fremdheit hüllten – so dachte ich. Er und seine Mannschaft seien gekommen, um eine Fracht zu entladen und eine neue zu laden.

Ich konnte nicht wissen, dass er dieses Mal sein Kommando über seine Matrosen aufgegeben und für eine Zeitlang einem Untergebenen übertragen hatte, um eine Reise in die entgegengesetzte Richtung zu unternehmen – von dem weißen Flattertanz der braungeäderten Schmetterlinge fort über Berge und Ebenen, wobei niemand wusste wohin, niemand wusste warum. Und niemand wusste, warum er sich dazu hatte überreden lassen. Er gab keine Gründe an. Er ging. Ich begleitete ihn, sein neuestes, jüngst erworbenes Eigentum. Ich nahm an der äußeren Organisation teil, die ihn und den ältesten Sohn so in Atem hielt, dass sie beim Licht von Öllampen bis spät in die Nacht hinein Berechnungen anstellten, das Mögliche, das Wahrscheinliche, das Tatsächliche und das Fragliche auseinandernahmen und gegeneinander abwägten, bis einen von ihnen Langeweile überfiel. Das Mögliche und das Unmögliche senkten sich, hoben sich und schwebten im Gleichgewicht. Die Einzelheiten häuften sich immer mehr, eine Idee erstickte, neue Ideen wurden gesucht, und schließlich hatte die Frage nach dem Warum nicht die geringste Bedeutung mehr. Phantasien und Profit. Kindische Träume. Sehnsucht nach der Ferne. Ausgeklügelte Berechnungen. Ein Anflug von Aufbegehren. Vielleicht der letzte.

So. Deshalb brachen wir zu den Grenzen des Verstandes auf. Wirbellose Tiere auf der Suche nach einer neuen Heimat waren wir. Über Sand gleitende Schalentiere. Eine Kolonie Seeanemonen, auf ihrem einzigen Fuß über trockene Felsen rutschend. Auf ihren Flossen wandernde Fische. Wabbelige, salzgeschuppte Quastenflosser. Klagende Seekühe.

Unser Zug von Trägern und Rindern und Sänften mit den Reisenden auf den Schultern der Träger wand sich durch das Landesinnere auf dem Weg zu dem großen Ozean, der an die äußersten Grenzen der Welt donnert. Es konnte nicht allzu weit sein, bestimmten der älteste Sohn und der Fremde kraft ihres Verstandes, mit Hilfe ihrer Karten. Es konnte nicht ein Leben lang dauern, errechneten sie. Alles in allem musste es eigentlich eine Abkürzung zum Land der tüchtigen Seefahrer sein, die vor kurzem vor der Stadt angelegt hatten, die sich mit ihrem harten Kampf gegen die Wogen einer riesigen unbekannten See gebrüstet und mit den zahlreichen Fällen von Skorbut in ihrer Mannschaft bewiesen hatten, dass sie von den äußersten Grenzen der äußersten Grenzen kamen.

Es schien uns, als seien sie plötzlich aus dem Nichts aufgetaucht, als hätten sie sich langsam durch den Spiegel des Meeres geschoben, so langsam, auf bauchigen, von einer Menge geflickter Segel vorangetriebenen Karavellen, in deren Takelage wir die Mannschaft mit affenartiger Behändigkeit herumklettern sahen. Wir waren nicht beeindruckt. Oder zeigten es nicht. Aber versammelten uns trotzdem am Strand oder stiegen auf die Dachterrassen. Wer reich war, ließ sich eine Sänfte kommen; wer ein vorwitziges Kind war, erkletterte den Bogen einer Kokospalme; wer ein Tischler war, ließ das Handwerkszeug fallen, vergaß seine Aufträge und stand auf; wer neue Handelsverbindungen witterte, schloss sein Handelshaus und schlenderte in der Gefolgschaft einiger Schreiber gelassen, schwatzend, Grüße tauschend und Langeweile vortäuschend zu dem ungefähren Platz, an dem sie in unserer verräterischen Bucht ankern würden. Was könnten sie anzubieten haben, das wir nicht schon selbst besitzen? war das allgemeine Gefühl, und die Stadt kochte nicht vor Erregung, nicht äußerlich sichtbar, und die Neuankömmlinge wurden kühl willkommen geheißen, nicht mit Argwohn, aber dennoch ... Nicht äußerlich sichtbar.

Der älteste Sohn war der Erste, der an Bord des Flaggschiffs geladen wurde. Er bat den Fremden, ihn wegen seiner größeren maritimen Kenntnis zu begleiten. Ich weiß noch, wie edel der Fremde in seiner grüngestreiften Robe mit seiner grünen Kopfbedeckung aussah, wie er die bärtigen Neuankömmlinge überragte, als er auf der Brücke stand und er und der älteste Sohn versuchten, sich in Seemannssprache mit einer Fülle von Gesten und Kopfschütteln auf und ab und vor und zurück verständlich zu machen. Wir alle warteten auf ihren Bericht. Wir erfuhren von einem Land an der anderen Seite der Erdscheibe und von Seeleuten, die am

Rand der Welt entlang bis hierher gesegelt waren, von gewaltigen Stürmen, mit denen die Götter sie über den Rand hatten treiben und ins Nichts stürzen wollen; von Stimmen, die sie im heulenden Wind gewarnt hatten umzukehren, von Ungeheuern an Land, wo sie frisches Wasser hatten holen wollen, von kurzen Ruhepausen, um zerrissene Segel zu flicken, von Baken, die sie errichtet hatten, von feindlichen, rückständigen Völkern, und sie zeigten, erfuhren wir, auf ein rotes Zeichen auf ihren gelben Segeln und erklärten, sie führen für ihren König, diese gedrungenen, haarigen Männer in ihrer dicken, eigenartigen Kleidung.

Unbemerkt wie die Geburt einer Welle entstand eine Idee und schwoll unmerklich an. Der noch unverheiratete älteste Sohn des reichsten Kaufmanns der Stadt, der sich wegen seines Interesses an fernen Orten zu dem Fremden hingezogen fühlte und ihn ständig mit Fragen belästigte, er, der nun nach seines Vaters Tod die bedeutendsten Handelsgeschäfte geerbt hatte und von dem erwartet wurde, sie zu führen, wie es sich für einen Mann seines Ranges und Prestiges gehörte, und sich um die Belange der Stadt zu kümmern – dieser Mann verheiratete sich eilends am Vorabend seines Aufbruchs zu einem Ziel, das nach Meinung aller nur in seiner Phantasie existierte und ihn zum heimlichen Gespött der Leute machte.

Nur einer spottete nicht, und zwar der Fremde, den er dazu überredete, sein Schicksal folgendermaßen zu besiegeln: Eine Weile – wie angenommen wurde – nicht mehr über die hohe See von einer Landmasse zur anderen und zurück zu segeln, nicht mehr eine allzu bekannte, von Zyklonen heimgesuchte und von

Monsunen gesegnete Wassermasse zu befahren, sondern das Fremdartige einer Landreise mit ungewissem Ziel zu erproben. Ein an das nervöse Gekräusel von Wasser gewohnter Blick würde sich an das Grün von Wald und Sumpf gewöhnen müssen, an mit Greisenbart verhängte Schluchten und Steilwände, an Ebenen und träge Flüsse und an einen Horizont von kuppelförmigen Hügeln. Die Sterne prangten nicht mehr über einer unbeständigen Wasserfläche, sondern über der festen, beständigen Erde und wirkten vergleichsweise ruhiger und sicherer in ihrem Lauf durch die weite Nacht. Die Sterne der Erde würden stiller aussehen. Die Nacht dichter. Alles würde verlässlicher wirken.

Ich vermute, es war Abenteuerlust. Ich kann mich nicht mit der Frage aufhalten, was ihn dazu veranlasst hat, sich auf etwas so Törichtes einzulassen, das ihm einen trivialen Tod im Herzen der Wildnis bescheren würde, beweint von seinem letzten Eigentum, von mir. Ich war als Einzige übrig, um an dem Flussufer auf- und abzulaufen, ängstlich, klagend, drängend, hoffnungslos zu rufen und mich von den Fischadlern verspottet zu fühlen, die den Himmel über dem Fluss von Baum zu Baum mit ihren Schreien überspannten und ihn zum verbotenen Gelände erklärten – auf Anordnung des Riesenkrokodils.

Sein Leben im Bauch eines Reptils zu beenden. Manchmal kann ich wirklich nicht anders, als darüber zu lachen. Es ist schließlich ein besonders lachhafter Tod. Wir sind es so gewohnt, andere Erdbewohner als Nahrung anzusehen, sie als geradezu selbstverständliche Nahrungsquelle zu nehmen und alles Essbare in den Dienst unserer Verdauung zu stellen, die

Nahrungsaufnahme durch Zugabe von Gewürzen und geschmackvolles Auftischen zueinander passender Gerichte zur Kunst zu erheben, Riesenumstände um eine Mahlzeit zu machen, Sitten und Gebräuche dazu zu entwickeln, die zu Ritualen erstarren, und eine ganze endlose Geschichte aus den völlig natürlichen Körperfunktionen des Essens zu machen – wir sind so daran gewöhnt, dass es schrecklich komisch wirkt, wenn ein die anderen essender Mensch selbst gefressen wird. Der unberührbar Mächtige wurde als bloße Nahrung erkannt und mit einem wohlgezielten Schwanzschlag ins Wasser gestürzt – eigentlich kein wohlgezielter, sondern ein mit unbewusster Perfektion ausgeführter Schlag –, ertränkt und verschlungen.

Entwich sein Geist womöglich in Blasen? War mein Gefährte, der Wassergeist, eifersüchtig geworden und verlangte ihn für sich?

Dann machte es mir Angst, meine Gedanken weiterzuverfolgen. Ich, die ich dem Wasser entstamme, habe es ihm nie gewünscht, und, wie lächerlich auch immer, er ist nicht mehr unter den Lebenden. Wie lachhaft auch immer, als Krokodilkot ausgeschieden zu werden – als wäre es weniger lächerlich, begraben und von Würmern gefressen zu werden. Er kam um. Er ist nicht mehr.

Von da an dachte ich mit Vorsicht über die Art seines Todes nach und betrachtete das Ganze als normalen Vorfall, verschleierte es vor mir selbst, verheimlichte mir die Umstände und erzählte mir eine völlig andere Geschichte. Selbst wenn ich ihn in meiner Einsamkeit bitter verfluchte, ihn und seinen Edelmut oder, wie ich später beschloss, seine hartnäckige Korrektheit, gebrauchte ich Redewendungen, in denen der Name meines großen Geistes niemals vorkam. Verflucht sei der Boden, der sein Blut trank, sagte ich lieber und versuchte, das Entsetzliche in die Erde zu verbannen, oder ich lastete es Hyäne und Geier an. Ich brachte eine Opfergabe an den dunklen Flusspferdteich, in dem der Herrscher der Krokodile lebte. Feierlich warf ich meinen elfenbeinernen Armreif hinein. Er sank lautlos und hinterließ kaum eine Kräuselung. Die Harmonie war wiederhergestellt, und in der vom Wind herbeigetragenen Stille war nur der Schrei der Fischadler, der Hüter über dieses Gewässer.

Wüsste ich nur, ob mir auch ein wässriger Tod bestimmt ist! Ich sehne mich danach. Vielleicht musste ich begreifen, dass Wasser sein Schicksal sein würde, da er dem großen Wasser, von dem er gelebt hatte, untreu geworden war.

Ich schwöre, ich werde ihm die Treue halten. Jedes Mal, wenn ich meine Straußeneischale in den schäumenden Bach senke, murmele ich:

Wasser ja Wasser
du wohnst im Bett des Schilfs
und in der Höhlung des Baobabs
Wasser du kommst aus der Luft
Wasser du quillst aus der Erde
du bedeckst die Erde
du wohnst unter ihr und über ihr
dein Geist ist in einem Tropfen so groß
wie in Fluten und Stürmen
begierig schöpfe ich dich und trinke dich
Wasser du bist in mir

Das Wasser des Bachs schmeckt süß. Ich bin dankbar, dass ich nach dem Verschwinden des Fremden hierher geraten bin. In Demut danke ich meinem Wassergeist für seine Führung. Und für die Gewitter, die den Baobab schön sauber waschen und ihn anspornen zu knospen, all seine Blätter auf einmal ausschlagen zu lassen und seine großen Blüten, eine nach der anderen, weiß und zerknittert an den Zweigen aufzuhängen, damit sie von den Fledermäusen befruchtet werden, weiß, zerknittert und übelriechend.

Wenn der Baum blüht, kann ich nicht düsterer Stimmung sein. Dann sehe ich die Reise als eine Verwirrung, die ich erleiden musste, dann bemühe ich mich nicht, sie zu entwirren und einen Sinn darin zu finden. Ich sage laut den Namen des Baums, die Namen von Wasser, Luft, Feuer, Wind, Erde, Mond und Sonne, und alle bedeuten, was sie heißen. Ich sage meinen eigenen Namen laut, und mein eigener Name bedeutet nichts. Aber trotzdem bin ich.

Einmal entfloh ich dem Baum. Ich rannte ziellos ins Veld und versuchte, aus seinem Blickfeld zu gelangen, indem ich mich hinter einem hohen, runden Felsen versteckte, und ich öffnete meinen Mund und brachte einen Laut heraus, der der Laut eines menschlichen Wesens sein musste, da ich ein Mensch bin und kein Gnu, das schnaubt, keine gehörnte Heuschrecke, die mit ihren Flügeln Pfeifgeräusche erzeugt, kein Vogel Strauß, der dröhnt, sondern ein Mensch, der spricht, und ich brachte einen Laut heraus, brachte eine Anklage vor und schleuderte sie der Dämmerung entgegen. Ein grauenhafter Laut entwich in die Luft, ein Laut, mit dem ich alles ringsum unterwerfen wollte.

Mit einem einzigen langen, rauen Laut herrschen zu können.

Nachts höre ich Löwen brüllen. Hin und wieder stehe ich auf, um Holz aufs Feuer zu legen. Manchmal sehe ich im Feuerschein Augen grünlich leuchten. Morgens backe ich in der Asche Knollen, die die kleinen Menschen mir gebracht haben, breche eine hartschalige Guave mit einem Stock auf und schiebe mir das Fleisch mit dem Stock in den Mund. Ein Schluck Wasser, gebackene Knollen, und ich bin bereit, meinen Kampf gegen die Zeit wieder aufzunehmen. Wir kämpfen endlos im Kreis. Ich schaffe es nicht, sie aufzuteilen und in Abschnitte zu zerlegen, um ein Muster daraus zu bilden und sie zu kontrollieren – auch trotz meines Erfindungsgeists mit den Perlen nicht. Ich verliere manchmal den Faden und vergesse, was ich wann womit verbunden habe. Grün und Schwarz je nach meiner Stimmung vermischt. Ich kann die Zeit nicht abschütteln. Sie hockt ständig vor meinem Baum. Alles, was je in meinem Leben gewesen ist, ist immer gleichzeitig gegenwärtig, und die Ereignisse wollen nicht ordentlich hintereinander in einer Reihe stehen. Sie verhaken sich ineinander, verschieben sich, verstreuen sich, drängen sich mir auf oder versuchen, meiner Erinnerung zu entschlüpfen. Ich habe Schwierigkeiten mit ihnen in der Kette meiner Erinnerung. Ich bin alles andere als eine sorglose kleine Hüterin der Zeit. Tag und Nacht vergehen. Sommer und Winter, ein weiterer Sommer, und hier ist schon wieder der Winter. Das ist einfach, aber nicht die Zeit, die aus mir gemacht hat, was ich bin, und die mit einem anderen Rhythmus in mir lebt.

Manchmal, wenn ich mich im Fluss wasche, betrachte ich mein Spiegelbild prüfend in einem stillen Wasserloch und versuche herauszufinden, um wieviel älter ich geworden bin. Es ist nicht leicht, denn auch wenn wir beide, ich und das Wasser, noch so reglos sind, gibt es doch immer eine feine, gefältelte Verzerrung meines Bildes, Wasserfältchen, die meine möglichen Altersfalten schmeichelhaft ersetzen. Ich werfe einen Kiesel in mich selbst. Ich schwinge grotesk auf und nieder und teile mich in Stücke. Ich ruheloses Etwas. Dann ziehe ich mich von meinem gespaltenen Selbst im Wasser zurück. Wie sich mein Geist abmüht. Ich lasse mich von der Sonne trocken brennen, kleide mich an und schlage den Pfad zu meiner Behausung ein. Bald werden die Elefanten eintreffen. Die Sonne hängt schon in den Armen des Baobabs.

Manchmal einfach Melancholie.

Ich kann der Klick-Sprache der kleinen Menschen nicht folgen. Sie hört sich für mich genauso an, als würden Eidechsen reden. Wie sollte ich sie auch erlernen können? Nach unserer seltsamen ersten Beinah-Begegnung sprechen sie jetzt nur noch selten in Hörweite von mir. Eines Tages sah ich, wie sie eine Giraffe erlegten. Während sie das Tier häuteten und aufschnitten, schwatzten sie aufgeregt und stritten sogar, wie mir schien. Ich lauschte angestrengt, verstand aber nichts. Es ist eine Sprache für Geckos und Klopfkäfer.

Respektvoll stehe ich so in der Öffnung des Baobabs, dass sie mich nicht sehen. Nachdem ich sie einmal gezwungen hatte, mich anzusehen, und feststellen musste, wie unangenehm es ihnen war, zwinge ich mich ihnen nie mehr auf und nehme mit Dankbarkeit und Freude jeden Krümel Nahrung und jeden nützlichen Gegenstand an, den sie mir bringen.

Und jeden unnützen Gegenstand. Wie die Handvoll kleiner Goldnägel. Wie sie glänzen. Wie hübsch. Ich besitze bereits Perlen, Scherben, eine Straußeneischale, Kleider und – Wunder über Wunder – einen vor Alter schwarzen, aber immer noch bestens brauchbaren Tontopf, den die kleinen Menschen gefunden und mir gebracht haben und mit dem ich Wasser auf meinem Kopf trage. Und nun diese niedlichen Spielzeuge.

Ich lasse meine Gedanken schweifen und male mir die wundervollste Geschichte aus von einer Stadt mit bauchigen Mauern und im Zickzack gelegten Steinen und von einem heiligen Echo, das in einem Brüllen Orakel über das Veld sendet. Eine Stadt etwa so, wie wir sie auf unseren Reisen von Frauen hatten bauen sehen. Wir waren nämlich an mehreren solcher Steinstädte vorbeigekommen. Manche verlassen und verfallen, manche halbfertig und einfach so belassen, um zu Schutt zu werden, und manche im Bau. Mauern, um Terrassen abzustützen, und Mauern für Häuser, Tempel oder Scheunen, allesamt durch die Arbeit von Frauen errichtet. Nirgends war ein Mann zu sehen, was mir eigentlich seltsam vorkam.

Aber vielleicht waren die Männer auf der Jagd. Sind sie wohl auf der Jagd? fragte ich den Fremden über die Schulter.

Ich glaube ja, antwortete er.

Bauen die Frauen immer allein? Tragen sie die Steine immer selbst, schichten sie sie immer selbst auf, zeichnen sie die Pläne selbst?

Seltsam, seltsam, antwortete der Fremde.

Aus den Sänften, in denen wir hin- und herschwingend an ihnen vorbeigetragen wurden, betrachteten wir die fleißigen Arbeiterinnen mit Neugier. Ich hielt mir ein großes Blatt zum Schutz vor der Sonne über die Augen. Wie eine richtige Dame saß ich und beobachtete die in der sengenden Sonne arbeitende Menge und machte in leichter, zufriedener Stimmung meine Bemerkungen. Ich fühlte mich so wohl. Nie zuvor war das Leben so angenehm gewesen.

Vielleicht sind die Männer im Krieg. Vielleicht planen sie einen Überfall auf uns, scherzte der Fremde.

Was sagt unser Leiter? fragte ich.

Oh, der ist immer schlechter Laune. Es geht ihm alles zu nah.

Ja.

Ich fühlte mich wie eine eigentümlich erhabene, unberührbare, flüchtige Zuschauerin, immer unterwegs, und ich überlegte, was ich noch Wesentliches von meinem Sitz herunter äußern könnte. Vielleicht sind sie ... Ich wollte sagen: Sklavinnen. Ich schluckte das Wort herunter.

Vielleicht waren einige aus meiner mir unbekannten Familie darunter, die übriggeblieben waren. Vielleicht kam ich von hier oder aus der Umgebung. Es war weiser, keine Fragen zu stellen und den Dingen ihren Lauf zu lassen. Oder waren die Männer vielleicht auf Sklavenjagd, und die Frauen mussten die Arbeit der Männer verrichten? Die Frauen waren bis zur Taille nackt. Sie trugen Schneckenhäuser, bunte, perlengeschmückte Amulette um den Hals und Fesselringe aus Kupferdraht. So ritt ich vollkommen privilegiert dahin, in der Gewissheit, bevorzugt zu sein in dem Status, der mir auf dieser Reise verliehen war, weil ich die auserwählte Dienerin eines der Leiter war. Nein, nicht die Dienerin, ganz und gar nicht – die Geliebte. Ich besaß die Freiheit, mich in merkwürdigen Gegenden mit einem Mann aufzuhalten, den ich hätte anbeten können, mit vielen Dienern sowie einem missgelaunten Leiter, aber ihn vergaß ich mühelos. Und keine Chance zu entkommen. Sollte ich mich der Ungastlichkeit ausliefern? Wie töricht das wäre. Töricht selbst, mit diesen Frauen Kontakt aufnehmen zu wollen, wenn gar nicht sicher war, dass sie mich freundlich aufnehmen und mir helfen würden. So schwang ich hochmütig, aber mit gierigen Blicken an den braunen Steinmauern im Gras vorüber. Keine Ecken hier, sondern sanfte Kurven, mit den Kurven der Erde verbunden. So also bauen Frauen.

Ich hatte schon eine Weile etwas im Haar meines vorderen Trägers bemerkt. Jetzt sah ich, dass er Kreuzgeld darin aufbewahrte. Gestohlenes Geld also. Heute Abend würde ich ihm den guten Rat geben, es besser zu verstecken, denn die Träger wurden ständig ausgetauscht, um die Lasten gleichmäßiger zu verteilen. Nicht lange, und er würde den ältesten Sohn mittragen müssen, und es war zu bezweifeln, dass dieser ein so schreiendes Vergehen unbestraft ließe. Armer Teufel. Wollte er eines Tages davonlaufen? Wollte er eines Nachts entfliehen und auf der Flucht in Dörfern haltmachen, um sich Nahrung zu kaufen? Wollte er das Weite suchen, den Kopf schwer von Metall, das Herz leicht vor Freude, die Eingeweide hohl vor Angst?

Er war tatsächlich unser erster Verlust. Offenbar gelang es ihm zu entkommen. Unser zweiter Verlust war ein weit schwererer Schlag. Die schönen, sanften

Sanga-Rinder verschwanden über Nacht, als hätte ein Erdgeist eine Höhle geöffnet und sie wären eins nach dem anderen hineingegangen und stünden nun alle im Bauch der Erde, muhend, ihre langen Hörner aneinanderschlagend und elendiglich umhertrampelnd.

Wir stellten fest, dass wir keine Wachtposten für die Nacht aufgestellt hatten, da wir es nie taten. Wir stellten zudem fest, dass wir keinen Spurensucher in unseren Diensten hatten, und wir selbst konnten in dem regenglatten Veld nichts erkennen, nur unsere eigenen schlammigen Abdrücke, Spuren von Leichtsinn, weit- und breitgetretene Beweise der Unwissenheit.

Es war ein schlimmer Verlust. Nicht nur, dass die Rinder die schwersten Lasten getragen hatten, sie wären auch unsere letzten Mittel gewesen, falls uns der Hunger ins Gesicht starren sollte, und überdies hatten wir vorgehabt, sie im Notfall bei Stämmen im Landesinnern gegen Nahrung, Auskünfte oder, wenn nötig, Schutz zu tauschen. Das war unser Plan gewesen.

Der erste Streit zwischen den beiden Leitern der Expedition führte zu betretenem Schweigen. Eine kurz zur Schau gestellte Empörung, ein Messerwetzen von Vorwürfen, dann zogen sich beide ungeduldig und unzufrieden aus dem Konflikt zurück, stolzierten einher, als säße ihnen ein glitzernder Kranichschopf der Kränkung auf dem Kopf, und ihre steifen Mienen verrieten kein Verlangen nach Versöhnung. In ihrem Eigensinn und ihrer Arroganz wagte keiner von beiden, dem andern zu zeigen, dass er sich schuldig fühlte und zumindest mitverantwortlich für den Vorfall war. Gewiss, beide kamen von der Küste, der eine stammte aus einer Küstenstadt, der andere war

Seefahrer, und keiner von beiden hatte Erfahrung in dieser Art Reisen; ihre Unwissenheit bei Expeditionen ins Landesinnere war wahrscheinlich gleich groß, obwohl sie sich theoretisch gleich stark dafür interessierten. Ich weiß noch, mit welch gelehrtem Interesse sie über den Sklavenhandel und seinen Einfluss auf die gesellschaftlichen Gegebenheiten der Stadt diskutierten, damals, als wir den gefährlichen Bergpass nicht anders als auf der Sklavenroute überwinden konnten. Wo mich die verdrehten Felsen wie ein Ausdruck der Angst anstarrten. Wo unsere Träger Wegmarkierungen sicher ausmachten. Mit versteckter Neugier passte ich scharf auf, konnte aber überhaupt nichts erkennen. Ich konnte mich nicht einmal daran erinnern, dass ich schon einmal über diese Berge gezogen sein musste. Es war eine sonderbare, phantastische Landschaft. Grau. Graue Wolken. Steine. Flechten. Nass und grau. Gewiss lebten dort graue Geister und suchten nach ihren Sklavenkörpern. Graue Phantomnebelfinger berührten mich und machten mich schaudern, und ich musste mich zusammennehmen, damit ich bei mir selbst blieb und mich nicht in dem lockenden, alles einhüllenden Grau auflöste. Der Pfad, der zu schmal, zu steil und gewunden war, als dass mich die Sklaven hätten tragen können, entglitt meinen Füßen, zog mich um Felsgesimse und tropfende, bärtige Bäume herum, und ich musste meinen Augen befehlen, sich starr auf den glänzend nassen Rücken des Sklaven vor mir zu heften, und meinen Ohren, auf das Geräusch rollender Steine und auf einen gelegentlichen Fluch oder Ausruf zu horchen und die graue Stimme des Nebels zu überhören.

Nun, wir mussten weiter. Die Ballen wurden neu geschnürt und verteilt. Jeder Träger hatte mehr zu schultern, was unseren Schritt verlangsamte und unsere Pläne durcheinanderbrachte.

Jetzt, nach dem Verschwinden der Rinder, wodurch sich unser Zug auf die Länge einer Raupe verkürzt hatte, zog es der Fremde häufig vor, zu Fuß zu gehen, und während er neben meiner Sänfte herging, unterhielten wir uns und machten uns gegenseitig auf Sehenswürdigkeiten an unserem kaum sichtbaren Pfad, unserer sogenannten Route, aufmerksam. Denn siehst du, erklärte er, an Bord seiner Dhau war er gewohnt zu stehen. Er konnte nicht so lange stillsitzen. Ein Seemann ist immer auf den Beinen, immer in Bewegung. Die See, seine Straße, ruht nie. Sie stößt dich, zieht dich, fegt dich auf und nieder, wirft dich von Backbord nach Steuerbord, klatscht gegen dich, rauscht über dich hinweg, nimmt je nach ihrer Laune Form an, kommt haushoch herangerollt, wird zum Wirbel und spinnt dich in einen tiefblauen Strudel ein, streckt sich flach aus und hält dich in ihrer ruhigen grünen Stimmung gefangen, ändert sich und bleibt in ihrem Wandel doch gleich, macht den Wandel zur Dauer und das Unvorhersehbare zur einzigen Vorhersehbarkeit. Sie ist nicht unbeständig, sie ist immer so. Und daher zog er es vor zu gehen, erklärte der Fremde selbstironisch. Kurz, er hatte weder Ruhe noch Frieden. Kurz, er ging zu Fuß, um den Sklaven die Arbeit zu erleichtern.

Ich auch an manchen Tagen, zumeist frühmorgens. Mein Gewand zog eine feuchte Spur im Tau. Eine schwache erste Morgenröte gab Licht. Ich versuchte, meinen langen, langen Schatten mit immer größeren

Schritten einzuholen. Auf meinem eigenen Kopf gehen zu können. Ich werde mich niemals einholen, seufzte ich glücklich. Vögel schwirrten aus dem Gras auf. Ich registrierte: eine davonspringende Steinantilope – witsch! und davon; eine Herde ausdruckslos wiederkäuender Schopfantilopen; ein Breitmaulnashornbulle, fest wie ein Fels; ein ruheloser roter Schakal und ein Löwe mit verklebter Mähne und Fliegen ums Maul, der das Gähnen der Satten gähnte und sich ulkig herumrollte. Bis die Sonne sich ihr Nest in meinem Rücken machte – dann rief ich die Träger heran.

Ich hatte es längst aufgegeben, mich mit ihnen unterhalten zu wollen. Meine Wünsche wurden stillschweigend erfüllt. Keine Antworten. Keine Fragen. Es war wie ein Versuch, sich Zombies verständlich zu machen. Stärker als in der Stadt, wo ich gezwungen war, mit dieser Sorte Mensch zu arbeiten, fiel mir hier in der unberührten Natur auf, wie wenig sie sich wie Menschen verhielten. Widerwillig oder dem Anschein nach gefügig – sie handelten, kam mir in den Sinn, als seien sie mit dem Tikoloshe-Geist im Bunde. Ihre Augen waren eigenartig leer und ihre Bewegungen automatisch, als befolgten sie eingebaute Befehle.

Wir haben Verhexte unter uns, flüsterte ich dem Fremden zu.

Merkst du das erst jetzt?

Ich starrte ihn überrascht an. Wir ruhten uns in der Mittagshitze am Ufer eines wasserreichen Flusses unter einer prächtigen Kigelia aus. Der älteste Sohn war eine Weile fortgegangen, wie gewöhnlich ohne uns Bescheid zu geben und ohne uns zu sagen wohin; er würde uns vermutlich auch bei seiner Rückkehr nichts verraten.

Und wir beide fühlten uns zu glücklich miteinander, um uns von seiner krankhaften Verschlossenheit stören zu lassen; wir beide waren eine selbstgenügsame Einheit, und in gegenseitigem eifersüchtigen Verlangen nach Zuwendung ließen wir den Sauertopf seiner Wege gehen.

Wir hatten gerade gegessen, was die Sklaven für uns bereitet hatten. Hätte einer von ihnen in der vergangenen Nacht nicht Hände voll fliegender Ameisen gesammelt und in eine annehmbare Sauce verwandelt, hätten wir den dicken Hirsebrei einfach so herunterwürgen müssen. Wie schon mehrere Tage lang. Denn nach dem Verschwinden (oder Diebstahl?) der Rinder und beim Neuverteilen der Lasten hatten wir notgedrungen einiges von unserer Habe zurücklassen müssen, und dabei waren irrtümlich, wie wir annehmen mussten, der Reis, die getrockneten Garnelen, das Mango-Chutney, die Lagen getrockneter Feigen, die Kokosnüsse, Datteln und noch vieles mehr zurückgeblieben. Es flogen keine Anschuldigungen hin und her, aber Zwietracht schwelte. Der eine Leiter bildete die Vorhut, der andere Leiter und ich die Nachhut, und wir waren durch Misstrauen und einen Zug Sklaven voneinander getrennt.

Honigfresser hingen an den purpurroten Blütenbüscheln, die über unseren Köpfen prangten. Ein sehnsüchtiges Gurren von Tauben war zu hören. Ein Zustand vollkommener Ruhe. Wasser, das durch gefiedertes Schilf schien. Eine streichelnde Brise. Ich höre, sagte ich. Erzähle.

Bei Nacht rufe ich alle mir verbündeten Geister herbei, flüsterte der Fremde und tat absichtlich geheimnisvoll. Hast du das Schnuppern der Hyäne noch nicht gehört? Nur gut, dass du so tief schläfst. Hast du das Bellen des Pavians in der Ferne noch nicht gehört? Hast du noch nicht gesehen, wie sich der Buckel des Erdferkels gegen das Mondlicht abhebt – und seine lange Schnauze, mit der es die Kadaver wittert? Die armen Dorfbewohner an unserer Route, sie wissen noch nicht, was ihnen blüht. Sie wissen nichts von den Zauberern, die heute hier und morgen dort auftauchen und ihre Geister aussenden, um ihre Gräber zu schänden. Hast du bei Nacht noch nicht die Augen glänzen sehen: feuerrote Augen, halbe Augen, schielende Augen? Hast du das Knurren, das Scharren, das Schlurfen und das Krachen von Knochen noch nicht gehört? Ich entsende meine Geister in die Kraals, um die Gräber der Häuptlinge zu schänden. Die Rinder können vor Entsetzen nicht muhen. Sie halten sich abseits. Am nächsten Tag werfen die Kühe Kälber mit zwei Köpfen, und die rotgoldenen Hirsefelder, durch die die Geister mit ihren verhexten Reitern galoppiert sind, liegen flach und können nicht geerntet werden, und eine große Hungersnot befällt alle Regionen, durch die wir reisen. Die Vorratskörbe sind leer. Die Herden sterben. Die Menschen sehen sich an mit feuerroten Augen, mit halben Augen, mit schielenden Augen, und fallen über die Schwachen her und essen sie auf. Sie schneiden ihnen die Lippen und Fingerspitzen ab, lassen sie in Wassertöpfen verbluten, kochen sie und essen sie auf, die leckersten Bissen für die Stärksten, die Reste und der Sud für die noch übriggebliebenen Kinder.

Der Fremde ging, legte sich flach auf den Rücken und starrte durch das Gitterwerk von Zweigen und dunkelgrünen Blättern in die Fetzen von blauem Himmel hinauf.

Schöne Geschichten, sagte er. Er stützte seinen Kopf in seine Hände. Ich habe mich bemüht, sagte er, ohne Religion und dergleichen Aberglauben zu leben, ohne irgendeine Ausflucht, und nun stecke ich in der größten Illusion meines Lebens. Nun suche ich in Kurzsichtigkeit Trost und sehe nicht weiter als bis zum Abend eines jeden Tages.

Dann folgte eine gemurmelte Betrachtung, der ich nicht recht zu folgen vermochte. Ich glaubte ihn um meine Vergebung bitten zu hören. Das Murmeln endete. Er setzte sich auf und sah mich prüfend an.

Ich werde die Geschichte bis zu Ende leben müssen, entschied er. Alle Geschichten enden einmal. Einen Augenblick lang war er still, ein um die Kigelia kreisender Schwarm Stare zog seine Aufmerksamkeit auf sich.

Alles, was ich weiß, ist, dass ich es wollte, sagte er scharf, als beantwortete er eine unausgesprochene Frage von mir. Ich wollte es. Dann, mit dem leichtesten Anflug eines Lächelns in den Furchen um seine Mundwinkel und im Schmalerwerden seiner Augen, fügte er hinzu: Ich glaube, man kann mit Würde lächerlich sein. Oder es wenigstens versuchen.

Etwas brach links von uns durch das Unterholz. Flatternd, rudernd und schreiend vor Angst kam der älteste Sohn auf uns zugestürzt, stolperte wie ein Clown und rutschte auf den Grasbüscheln aus. Der Saum seiner Kleider verfing sich in einem Num-Num-Busch und hielt ihn fest; verzweifelt ziehend und zerrend, den Busch mit seinem Stock flachschlagend, versuchte er wütend, sich aus dem Griff der Dornen zu befreien, aber verstrickte sich nur noch tiefer und musste schließlich seine Kleider losreißen. Die ganze Zeit über befahl er uns und den

Sklaven, uns zu Boden zu werfen, uns zu verstecken, zu ducken, davonzuschleichen, zu verschwinden.

Anstatt zu verschwinden, standen wir alle in voller Größe da und starrten mit offenen Mündern auf das Schauspiel. Mit einem unterdrückten Fluch befreite er sich aus den Dornen des Num-Nums, stapfte zu uns herüber und erklärte, eine Armee sei auf dem Fluss unterwegs.

Runter! Runter! trieb er uns keuchend an. Er musste ziemlich weit in der heißen Sonne gerannt sein.

Er selbst fiel hinter dem dichten Schilf auf die Knie und verstummte wie im Gebet. Ich überlegte, ob ich seinem Beispiel folgen sollte. Der Fremde und ich tauschten belustigte Blicke, auch wenn wir nicht mehr unbedingt vor Selbstvertrauen und Kühnheit strahlten, und als einer der Sklaven mit einer wortlosen Geste bedeutete, er sehe etwas kommen, ließen wir uns tatsächlich flach auf die Erde fallen, ein jeder da, wo er stand.

Ich schaffte es, den Kopf vorsichtig auf eine Seite zu drehen und auf den Fluss zu spähen, aber entdeckte noch nichts. Das gefiederte Schilf neigte sich ruhig. Die Wasservögel hatten sich noch nicht aufschrecken lassen. Ich konnte braune Enten sehen, die durch das flache Wasser glitten, den reglosen Kopf und Hals eines Goliathreihers, der aus dem Schilf ragte, und als ich mein Gesicht ein wenig hob, sah ich das angespannt blaue Rütteln eines Eisvogels in Tauchhöhe über dem Wasser und konnte ebenfalls das gegenüberliegende Ufer erkennen, das durch eine Mauer hochgewachsener wilder Feigen vom Veld getrennt war.

Meine Ohren kamen mir zu Hilfe. Ich hörte das Eintauchen von Rudern und lauschte angestrengt. Ich glaubte, menschliche Stimmen erkennen zu können. Sprachfetzen wehten zu uns herüber, wo wir still wie wilde Tiere lagen und darauf warteten, dass die Gefahr vorüberzog. Später sah ich durch ausgezackte Ritzen im Schilf mehrere ausgehöhlte Baumstämme paarweise in einer Art Formation von links nach rechts vorbeigleiten, jeder mit einer Mannschaft, die unter großer Anstrengung stromaufwärts ruderte. Die Ruder hoben sich tropfend und tauchten rhythmisch wieder ein. Sie kamen nur sehr langsam voran. Wahrscheinlich hatten sie die Geschwindigkeit der Strömung hier stark gegen sich. In etwa der Mitte der Formation glitt ein größerer ausgehöhlter Baumstamm allein vorüber; er trug eine, wie mir schien, zahlreichere Mannschaft mit buschigen Tierschwänzen um die Oberarme, und im Heck schien sich eine Art Thron zu befinden, auf dem ein Mann mit einem silbrigen Affenlederumhang um die Schultern saß, und neben ihm stand jemand, der einen Gegenstand wie einen Schirm, aus Palmwedeln oder Gras oder beidem geflochten, über ihn hielt, um ihn vor der Sonne zu schützen.

Was ich hörte, waren keine Sprachfetzen, stellte ich fest. Es war das Stöhnen der Ruderer bei ihrer schweren Arbeit.

Der Goliathreiher zog den Kopf ein. Er machte einen und noch einen Schritt, versicherte sich, dass sein Schatten nicht auf das Wasser fiel, und versteifte sich. Die Enten hingegen zogen seelenruhig dahin, quakend, sich wiegend und mit den Schwänzen wackelnd. Der Eisvogel war verschwunden. Gegen den blassgrünen Hintergrund der wilden Feigen hob sich nur die Baumstammflotte ab und bewegte sich mit quälender Langsamkeit voran.

Ich bekam Krämpfe vom Stillliegen und wünschte mir, die Krieger, falls sie das waren, würden sich beeilen. Außerdem musste ich niesen. Ich bezweifelte, dass sie mich so weit über das Wasser hören würden, aber hielt zur Sicherheit durch. Denn sollten sie Krieger und uns feindlich gesinnt sein, wäre es damit um uns geschehen. Und bevor ich mich fangen ließe, würde ich mir den Dolch schnappen, den der Fremde in einem Gürtel um seine Taille trug, und mich umbringen. Krieger oder nicht – es sah aus wie die Demonstration irgendeiner Macht, die uns auf dem Weg flussaufwärts überholte. Woher? Wohin? Es war schon lange her, dass wir ein Dorf oder eine der Ruinenstädte gesehen hatten, oder bebautes Land mit Terrassen, auf denen Jungen saßen und lärmten, um die Schwärme von Senegalamaranten zu verscheuchen, oder Herden von Sanga-Rindern mit Kindern als Hütern oder Frauen, die Wasser holten oder badeten, auf Felsplatten saßen, sich ihre Fußsohlen mit Steinen schrubbten, scherzten und lauthals lachten.

Wir hatten längst den ausgetretenen Pfad der Gold- und Sklavenrouten verlassen und folgten einer Richtung, die durch die Erzählungen der Seefahrer und durch unseren Wunsch bestimmt war, die Ersten zu sein, die einen kürzeren, leichteren Weg zu ihren Städten entdeckten und Handelsmöglichkeiten erschlossen. Etwas als Erste zu entdecken. Die Ersten zu sein. An der vordersten Front des Neuen. Als Erste mit beeindruckenden Nachrichten zurückzukehren. Was würden wir verkaufen? Sklaven? Elfenbein? Schildpatt? Gold? Zuerst müssten wir vor allen anderen, vor allen Konkurrenten, herausfinden, was diese Leute brauchten und was sie im Austausch dafür zu bieten hätten, es auf der Stelle herausfinden, um selbstbewusst auftreten zu können und als Erste den Sieg großen, spielend leichten Profits zu feiern. Das hieß, Entdecker zu spielen.

Ich glaube, die beiden hatten das Spiel unterschätzt. Mir schien auch, dass sie sich selbst darüber im Klaren waren, aber es um keinen Preis zugeben wollten. Jetzt war es eine Frage des Sich-Durchsetzens, des Durchhaltens. Es war Tatsache, dass irgendwo in der Ferne Städte lagen, die Handel trieben. Es war bekannt, dass die Erde letztlich von Wasser umgeben war. Eines Tages, eines Tages würde vor unseren Augen plötzlich, unerwartet eine Bläue aufscheinen, die sich bei unserem Näherkommen von dem blauen Dunst des Himmels abheben und als ein selbständiges, aus Wasser bestehendes Ganzes zu erkennen geben würde, als Wasser, als bewegtes Wasser mit Wellen, mit Schaumkronen und spritzenden Gischtflocken. Als wässriges Firmament am Rand der Ewigkeit. Und wir würden ein Donnern und vielleicht Seevögel hören. Und das letzte Stück würden wir rennen.

Ach, wie angenehm, vorauszuahnen, vorauszulauschen, vorauszusehen, vorauszuriechen, vorauszufühlen. Sich Erlebnisse auszumalen.

Unsere Lebensmittelvorräte schrumpften und gaben zur Sorge Anlass. Wir wurden von der Geschicklichkeit der Sklaven und ihren in der Kindheit erworbenen Kenntnissen der Wildnis abhängig, um unsere Nahrung zu ergänzen. So suchten sie zum Beispiel eine runde Orange voll großer Kerne mit einer dünnen Schicht von angenehm süßem Fleisch aus. Und sie fanden essbare Larven: Sie nahmen sie von den Blättern, knipsten ihnen die Köpfe ab und brieten, was übrig war – nicht viel –, in der heißen Asche.

Ich war schamlos genug, ihnen dümmliche, langatmige Komplimente zu machen. Ich sah ihnen kühn in die Augen, tat mit ihnen vertraut, streckte dann meine Hände aus und erhielt einen Teil ihrer Früchte, Beeren, Larven und Wurzeln. Dann ging ich und setzte mich mit meinem Geschenk in die Mitte zwischen sie und den Fremden und den ältesten Sohn. Nach einer Weile gesellte sich der Fremde zu mir, und ich gab ihm etwas ab. Dann teilte er das Wenige, was er hatte, mit dem ältesten Sohn. Ein kompliziertes System. Aber die Lage war noch nicht kritisch. Es kam zu lustigen Vorfällen, zum Beispiel als der älteste Sohn eine Süßwasserschildkröte fing und sie in ihrem Panzer zu rösten versuchte. Der Gestank war so unerträglich, dass wir uns alle verzogen und niemand, auch nicht der Fänger und Röster, etwas davon anrühren wollte.

Weniger lustig war der Vorfall mit der vom Blitz getroffenen Rappenantilope. Im Nachhinein kann ich allerdings bitter darüber lachen. Ich sehe noch, wie der Fremde seinen eleganten kleinen Dolch hervorholte – der Griff mit eingelegten Juwelen, Smaragden und Karneolen, so lange poliert, bis sie glänzten – und versuchte, das Bauchfell der Antilope zu durchschneiden. Er muss dort angefangen haben, weil er annahm, das Fell in der Leistengegend sei dünner. Die Sklaven sahen aus einiger Entfernung finster zu, nachdem sie einstimmig beschlossen hatten, nichts anzurühren, was uns als verschwenderische Gabe erschien. Ein erstes Zeichen von Meuterei vielleicht? Ich weiß es nicht. Der älteste Sohn leistete seinen Beitrag, indem er die

Antilope bei den Hörnern festhielt. Das Tier rührte sich ohnehin nicht mehr. Der Fremde gab den Kampf auf. Niemand dachte daran, unter unseren mitgebrachten Sachen nach einem Schlachtermesser zu suchen. Oder nach einer Axt, einem Speer oder dergleichen.

Die glasigen Augen der Antilope folgten mir im Kreis überallhin, dachte ich furchtsam. Vielleicht hatte der Blitz sie nur betäubt. Aber nein, sie war wirklich tot. Wir hatten gescheckte Krähen von ihr verscheucht. Sie waren noch nicht davongeflogen. Sie hoppelten selbstgerecht umher. Und warteten. Warteten. Bis die umständlichen Menschen fort waren. Als ich aufsah, bemerkte ich einen Geier in einer Baumkrone. Der Fremde lachte schnaubend, als ich mich näherte und ihn fragte, warum er nicht in den Vorräten nach Werkzeug gesucht habe.

Sowohl er als auch der älteste Sohn hatten von Anfang an ihre Waffen in einen der Vorratsballen gesteckt, weil es zu beschwerlich war, sie ständig bei der Hand zu haben. Sie waren einfach im Weg. Was hinderte die Sklaven daran, die beiden zu überwältigen, zu beseitigen und sich davonzumachen? Waren sie so unmännlich? Ich glaubte, ein Glitzern in den Augen der Sklaven zu erkennen. Sie sahen zu, wie die Krähen.

Aus dem winzigen Schlitz, den der Fremde mit seinem Dolch in den Bauch gemacht hatte, sickerte eine langsame, dunkle Flüssigkeit über das weiße Fell. Die Luft roch wunderbar frisch nach dem Regen. Ich wünschte, wir würden aufbrechen. Ein Regenbogen war zu sehen. Dort, weit entfernt an seinem Fuß, schlief das Gewitter. Ich wünschte, ein Blitz würde den Sand aufstieben lassen und uns davonjagen.

Der Sommer begann sich zu runden und zu reifen. Es war Winter gewesen, als wir das Meer zum letzten Mal gesehen hatten. Vage, salzigfeuchte Erinnerung. Schon so an diese Routine gewöhnt.

Nach einer abendlichen Besprechung beschlossen die beiden Leiter, den großen Fluss zu überqueren, dessen Ufer wir jetzt schon eine ganze Weile gefolgt waren, um unsere Richtung gen Sonnenuntergang nicht zu verlieren. Ihre gemeinsame Furcht vor dem Fürsten oder Befehlshaber und seinen Untertanen oder Truppen in den ausgehöhlten Baumstämmen hatte die Zwietracht zwischen ihnen gemäßigt. Sie flammte jedoch beinahe wieder auf, als der Fremde den ältesten Sohn neckend fragte, ob er wohl fähig wäre, einen Kirschpflaumenbaum zum Bootsbau ausfindig zu machen.

Und Sie? fragte der älteste Sohn verdrießlich. Dann lachten beide verlegen. Hier, so fern von Heim und Herd und von der See, empfanden sie ihre vergleichsweise Machtlosigkeit und erkannten nur zu gut, dass sie der Situation nicht immer gewachsen waren. Der älteste Sohn schlug sich mit seinem Stock auf den Schenkel, jedoch lustlos, als gestünde er seine Ohnmacht ein. Ich sah in ihren Augen, dass sie nicht wussten, was sie tun sollten. Männer sehen so drollig aus, wie enttäuschte Kinder, wenn sie die Kontrolle über etwas verlieren und es nicht offen einzugestehen wagen. Und ich in meiner eigentümlichen Stellung als Parasitin hoffte glühend, sie würden eine Lösung finden und uns binnen kurzem zu diesen Städten bringen, die angeblich unser Ziel waren. Jeden Morgen erblühte ich aufs Schönste, damit sie meine orchideenhafte Natur in ihrer ganzen Farbigkeit bewundern konnten. Ich widmete meiner Erscheinung nicht weniger Aufmerksamkeit als in der Stadt. Meine eigenen Sorgen nahmen ebenfalls zu. Ich war vollständig abhängig von ihm, dem ich durch den Kaufvertrag ebenso verbunden war wie (so hoffte ich insgeheim) durch Zuneigung. Aber vollständig abhängig wie ein Parasit.

Die Zeit verging, und der Plan der Flussüberquerung wurde nicht ausgeführt. Keiner der beiden besaß die innere Kraft, sich aufzuraffen, die Sklaven zusammenzutrommeln, einen Kirschpflaumenbaum zu finden und mit der Arbeit zu beginnen. In geistlosem Schweigen verweilten wir weiter auf dem diesseitigen Ufer. Unser Nahrungsmittelvorrat schrumpfte jetzt rapide und gefährlich zusammen, was die Sklaven dazu anspornte, Fallen aus dem Holz eines Rosinenbaums aufzustellen und an einem Festtag eine Trappe für uns zu braten.

Ich konnte nicht verstehen, dass die Sklaven nicht durch die offenkundige Unfähigkeit der Leiter, sich zu entscheiden, auf die Idee kamen, uns zu verlassen. Jede Nacht ließen sie sich demütig von dem ältesten Sohn aneinanderketten, eine Vorsichtsmaßnahme, seitdem der Sklave mit dem Geld im Haar geflohen war. Jede Nacht hörte ich das Rasseln der Eisen, wenn sie sich im Schlaf umdrehten. Morgens wurden die Ketten abgenommen und nicht mehr ordentlich aufgerollt und verpackt, nein, sie wurden einfach auf einen Haufen geworfen. Es war, als wären wir alle Traumwandler geworden auf dem Weg zu etwas uns Unbekanntem. Die Tage entfalteten sich einer nach dem anderen und schlossen sich wieder.

Der Fluss blieb eine Freude für die Augen. Wir lagerten an einer Stelle, wo Saf-Saf-Weiden wuchsen.

Der älteste Sohn oder vielleicht der Fremde hatte sich erinnert, dass diese ein Zeichen für festen Boden waren, wollte man den Fluss durchwaten. Für ein solches Unternehmen hätten wir ganz sicher bis zum Winter warten müssen oder gar bis zum Ende des Winters. Ich sage das, weil einem der Sklaven befohlen wurde, ins Wasser zu gehen, um zu prüfen, wie tief es sei. Er ging widerwillig hinein, bis ihm das Wasser bis zur Brust reichte, begann dann zu schwimmen, und kurz darauf hörten wir ihn aufschreien und sahen, wie die Strömung ihn davontrug, wie die anderen Sklaven stromabwärts rannten, auf gleicher Höhe mit ihm, und riefen, er solle sich zum Ufer zurückkämpfen. Ich sah seinen Kopf immer weiter und weiter auf der Wasseroberfläche auf- und abhüpfen, und je weiter er sich entfernte, umso mehr schien es, als treibe er mühelos dahin. Später kamen seine Gefährten zurück. Wo genau er ertrunken war, konnten sie nicht mit Sicherheit sagen.

Es gefiel mir, die Spinte zu beobachten, wie sie über dem Wasser hinter fliegenden Insekten herschossen. Das Wasser selbst war bräunlichgrün und kraftvoll und schwappte gegen das Ufer, wo Felsen oder Baumstümpfe hervorragten. Von den Weiden sah man nur die oberen Enden, die schlaffen Zweige hingen halbertrunken im Wasser. Ich fühlte mich wie die Weiden und ließ die Zeit durch mich hindurchströmen. Es gefiel mir, den Buschwürger pfeifen zu hören, ohne ihn je zu sehen. Wir gewöhnten uns auch an die Zikaden.

Der älteste Sohn und der Fremde rezitierten feierlich Gedichte und gaben sich Rätsel auf, auch mir, und einmal sang der älteste Sohn mit einer wundervoll tiefen, klangvollen Stimme. Der Fremde wollte ihm in aufrichtiger Bewunderung auf die Schulter klopfen, aber er drehte abrupt seine Schulter weg, als wolle er nicht berührt werden. Er sagte, er sehne sich nach seiner Braut. Er rief ihren Namen immer aufs Neue wie jemand, der ein Juwel von einer Hand in die andere wirft.

Der Fremde sagte: Wenn jetzt der Himmel auf uns herabstürzt, hinterlassen wir kaum mehr als eine Delle im Gras.

Er pflückte eine Handvoll fettes Gras, wo er saß, und kaute mit geschlossenen Augen darauf. Er träumte. Ich legte meinen Arm um ihn. Es störte mich nicht mehr, dass der älteste Sohn unsere Zärtlichkeiten mit ansehen konnte. Das Klatschen des Wassers besänftigte mich wie ein Refrain. Ich berührte meinen Armreif aus Elfenbein. Glücksbringer. Ich küsste ihn. Ich hatte eine Schwellung an der Ferse, die sehr schmerzhaft war, und natürlich dauernd Mückenstiche. Was wohl diese einsam zurückgelassene Braut mit ihren Tagen anfing, während sie ohne jede Nachricht dasaß? Was wohl die Leute in der Stadt jetzt machten? Ob es irgendjemanden außer der Braut gab, der sich an unseren Aufbruch erinnerte?

Und doch gelangten wir an das jenseitige Ufer, und zwar ganz leicht. Eine Tagesreise stromaufwärts zogen wir ein rohgezimmertes Floß aus dem Schilf und den Nestern der Amaranten, und da an dieser Stelle eine Insel den Fluss in zwei Arme teilte und die Strömung nicht mehr so verheerend stark war, erreichten wir ohne Verlust an Leben oder Lasten zunächst die Insel und dann das jenseitige Ufer, wo wir den Tag damit verbrachten, alles säuberlich in Ordnung zu bringen und zu überprüfen. Einer der Sklaven tötete ein Oribi mit einer Wurfkeule, die er sich während unseres Aufenthalts aus dem leichten gelben Holz einer Weide geschnitzt hatte. Mit dieser willkommenen Zugabe zu unseren Vorräten kam die Expedition noch einmal in Gang.

Unser Tempo beschleunigte sich. Von den beiden Leitern ging ein deutliches Drängen aus, eine Wachsamkeit, die wir schon lange nicht mehr erlebt hatten, als hätte der von den Jägern weitergegebene Fetzen Neuigkeiten über die Stadt in der roten Wüste ihre Persönlichkeit verändert. Jetzt gingen beide an der Spitze des Zuges, und jeder schritt weiter und lebhafter aus als der andere; wir hörten sie sogar lachen. Ihre gute Laune steckte uns alle an. Sie löste Geschäftigkeit aus unter den Sklaven, die sich in einem Klima der Zusammenarbeit statt Beaufsichtigung die Arbeit bereitwilliger teilten und so keineswegs hinter ihren Besitzern zurückstanden. Wir fühlten uns gemeinsam von der verheißenen Stadt am Fuß der Rosenquarzberge angezogen.

Doch ich konnte nicht anders als festzustellen, wie unordentlich wir wirkten. Von oben, aus meiner Sänfte, als Letzte in der Reihe, bemerkte ich betroffen unsere Schlampigkeit. Es war nicht zu verbergen, dass wir dreckig, heruntergekommen und schäbig aussahen, verstaubt und mit Kleidern voller Fettflecke. Einer der Sklaven trug nicht einmal mehr einen Ballen auf dem Kopf. Wie das? Wozu glaubte er hier zu sein? Ein anderer hatte sich rasselnde, runde gelbe Samen um die Knöchel gebunden, die beim Gehen Suru-Suru machten, und einer entpuppte sich als bemerkenswerter Imitator der Vogelsprache, so dass Vögel manchmal nach einigem Zögern auf seinen Ruf zurückpfiffen. Es war lustig, ihn so mit den Vögeln sprechen zu hören.

Ich frage mich, wie ich wohl in den Augen der anderen wirkte. Ein trauriger Anblick, aber wenigstens voller Leben?

Wie unbedeutend war unsere kleine Kette Menschen zwischen den hohen, rauen Grashalmen, ein völlig unscheinbares Etwas inmitten umherspringender Herden von Zebras, Gnus und Antilopen und immer erstaunter Strauße. Wir gelangten auf Hochebenen, wo die Luft frischer war und der Wind unaufhörlich die Spitzen der Gräser, Büsche und Bäume beugte – ein Wogen im Gras, ein ruckhaftes Nicken der Büsche und eine majestätische Antwort der Bäume. Die lose hängenden Stängel von Kletterpflanzen schwangen hilflos umher. Ihre purpurroten Trompetenblüten lugten zitternd und dennoch schelmisch aus jeder Höhe ihres Gastbaums. In diesen offeneren Ebenen segelten die Wolken unabhängig voneinander im Blau und sammelten sich nur hin und wieder, als würden sie dazu aufgerufen, Blitz und Donner zu erzeugen und sich in Regengüssen aufzulösen. Wir suchten unter Bäumen Schutz und warteten, bis sie vorüber waren. Es war kälter hier. Wir zogen als ein sich wandelndes Bild weiter durch die Tage.

Auf die Stadt in der Ferne zu, die die gesuchte Stadt sein musste, die all unsere Erwartungen zu erfüllen hätte, an die wir unsere Hoffnungen hefteten, um derentwillen wir uns anstrengten, unsere Kräfte sammelten und uns neu organisiert hatten, in der wir Obdach finden und Menschen treffen würden, Straßen mit Menschen, Häuser, Märkte, Plätze, Fenster voll lächelnder Frauen und Kinder in Gärten.

Die Stadt – so sagten die Jäger, die uns geraten hatten, das Floß zu benutzen, das sie sich aus Baumstämmen und Binsen gebaut und an der Stelle im Schilf liegengelassen hatten, wo die Insel den großen Fluss teilte –, die Stadt läge winddurchfegt in einer roten Wüste. Sonnengebackene rote Mauern. Und am Horizont hinter ihr erhöben sich die rosigen, zerklüfteten Gipfel der Berge.

Und dahinter? fragte der Fremde.

Und dahinter das Meer.

Ah ... Das Meer.

Ein Sklave hatte die Jäger als Erster bemerkt. Es beschämte uns, ihnen so wenig zu essen und zu trinken anbieten zu können. Es ging ihnen eigentlich besser als uns, bemerkten wir bald, und sie waren auch viel besser organisiert. Sie brachten ihre Beute, Elefantenstoßzähne, zu ihrem Kraal zurück und waren in Eile, weil sie länger als geplant fortgeblieben waren. Der Sommer schritt voran. Die Elefanten, erklärten sie, seien weiter als gewöhnlich gewandert, und so hätten sie lange nach ihnen suchen müssen, aber ihre Geduld und Ausdauer seien belohnt worden. Zufrieden zeigten sie auf die Bündel von Stoßzähnen. Diese rohe Form von Elfenbein erschien mir ziemlich hässlich, besonders die aus dem Fleisch geschnittenen stumpfen Enden, und die Stoßzähne wirkten wie ein gänzlich anderes Material als das, was ich am Arm trug. Und doch wurde behauptet, das Elfenbein aus dieser Gegend sei von weit besserer Qualität als das der Elefanten, die jenseits des Meeres von unserer Stadt aus gejagt wurden. Wie sollte ich es wissen?

Die Jäger waren überrascht, einer Frau zu begegnen. Einer von ihnen lachte so sehr, dass seine sämtlichen

Zahnstümpfe zu sehen waren, und ich war wütend und zog mich zurück. Unsere beiden Leiter hingegen unterhielten sich lebhaft mit ihnen weiter. Es war mir klar, dass sie möglichst viele Auskünfte einholen wollten, ich aber fühlte die ganze Zeit über die verstohlenen Blicke der Jäger auf mir. Nach einer Weile verbarg ich mich hinter einem Busch. Ich hörte, wie der älteste Sohn versuchte, einen Tauschhandel anzubahnen und ihnen Vorräte abzukaufen. Ich hörte ihn Kreuzgeld aus seiner beschlagenen Ledertasche mit den langen, weichen Quasten nehmen und die Münzen durch seine Finger zurück in die Tasche klimpern lassen; aber die Jäger waren an dieser Art von Handel nicht interessiert, denn ihr Fleisch, erklärten sie, reiche nur für sie selber. Der älteste Sohn musste seine schweren Münzen unverrichteter Dinge wieder einstecken.

Der Fremde interessierte sich mehr für die genaue Richtung, die wir einschlagen sollten. Die Stadt läge bei Sonnenuntergang, erfuhr er. Noch viele Ebenen, dann nehme die Vegetation ab, dann verwandle sich die Erde zwischen den Grasbüscheln in Sand, dann nehme der Sand zu und die Büschel schimmerten hier und da silbern, dann würden aus dem Sand Dünen, die sich steil und wellig erhöben, vollkommen geformte Hügel und zwischen ihnen vollkommene Stille, und nach weiteren Dünen und immer weiteren Dünen, die wir müde erklimmen würden, läge die Stadt da.

Aber zuerst das Wasser, sagte einer der Jäger. Ja, bestätigte ein anderer, zuerst das Wasser, das große Glänzen, voller Blüten, voller Schatten, voller Wild; die Spiegelung, die wie Wirklichkeit erscheint, aus der tückisch der Tigerbarsch springt, wo einen der

Honigfresser unaufhörlich weiterruft und in der Dämmerung der Kudu aus dem Mopaniwald tritt und die Marabus wie Gespenster auffliegen, um den Mond mit ihren Flügeln zuzudecken.

Den Jägern wurden für ihre Rückkehr in den Kraal Nachrichten an die Elfenbeinhändler aus der Stadt mitgegeben, die dort Stoßzähne kauften. Auf diese Weise versuchten der Fremde und der älteste Sohn, wieder eine Verbindung herzustellen. Ich hatte nichts zu sagen. Die anderen Sklaven schwiegen ebenfalls. Wir existierten, wo wir uns gerade befanden, und sie, der Fremde und der älteste Sohn, existierten von der Küstenstadt bis hierher und noch weiter, bis zu der Wüstenstadt und zu anderen ersehnten Städten, und sie existierten sogar noch weiter, sie existierten noch über die Meere hinaus, die zwischen den Ländern lagen, und in jenen Ländern existierten sie auch. Aber ich war ohne jede Verbindung. Ich war nur ich allein.

Die Jäger waren kaum außer Sicht, als sich der älteste Sohn und der Fremde auch schon mit einem Feuereifer, der auch die Sklaven erfasste, an die Arbeit machten, und im Nu war alles bereit, und es konnte wieder weitergehen – nach all den Tagen des Trägheitsbanns, unter dem wir wie Schlafwandler gestanden hatten, ein jeder in einen Kokon angenehmer Geistesabwesenheit eingesponnen. Als uns der Wassergeist verhext und unsere Gedanken gefesselt hatte.

Ich war insgeheim erleichtert, dass die Jäger fort waren, denn ihre lüsternen Blicke schienen an mir zu kleben, und ich hatte das Gefühl, ich müsste sie wie ekelerregende Streifen von mir abziehen, von meinen Brüsten, Brustwarzen und von meinem Bauch; aber das

Schlimmste war das Gefühl von Brünstigkeit, das sie in mir geweckt hatten.

So ging der Sommer seinen Gang. Der große Fluss lag schon weit hinter uns, die Stadt unserer Wünsche noch immer in weiter Ferne.

Eines Nachmittags machten wir am Fuß eines kleinen Hügels mit einem Sims aus runden Felsblöcken halt. Wir waren inzwischen auf mehrere dieser Hügel mit riesigen Felsen auf der Spitze gestoßen. In unserer Küstengegend waren nirgends solche Formationen zu sehen, und wir mussten immer wieder über sie sprechen. Es war fast, als diskutierten wir über Kunstwerke. Wir rühmten ihre Proportionen und ihr phantastisches Gleichgewicht, als sei es irgendeiner künstlerischen Sensibilität zu verdanken, dass sie aussahen, als müssten sie herunterrollen und über das Veld rumpeln, bis sie eine kleine Kuhle der Ruhe fänden, um dort von der Sonne aufgeknackt zu werden, oder bis sie vielleicht gegeneinanderkrachen und bersten würden.

Wir beschlossen, diese Felsen näher in Augenschein zu nehmen, und der älteste Sohn, der Fremde und ich stiegen auf den Hügel, während die Sklaven unbeaufsichtigt das Abendessen zusammentrugen und unsere Lager bereiteten. Der eine, der nichts mehr trug, gab die Befehle, bemerkte ich. Seltsam, dass er, der mit seinem schmächtigen Körper und seinen unscheinbaren Zügen so unattraktiv wirkte, mir nie als möglicher Anführer erschienen war, wozu ich allerdings sagen muss, dass mir bis dahin nie der Gedanke an mögliche Anführer unter ihnen gekommen war. Sie waren einfach die Sklaven, die Eunuchen, die keine andere Wahl hatten, als die harte Arbeit zu verrichten und den

Expeditionsleitern ohne Widerworte zu gehorchen. War er womöglich von königlichem Geblüt? Man konnte in den eigenen Spekulationen leicht kitschig werden. Vielleicht war er nur der schlaueste unter ihnen: Nach seinem Organisationstalent zu urteilen, war das die einleuchtendste Erklärung. Er trug ein großes weißes Schneckenhaus um den Hals. Jedenfalls musste man ein waches Auge auf ihn haben, dachte ich, zögerte jedoch, dem Fremden oder dem ältesten Sohn gegenüber meinen Verdacht zu äußern.

Einmal beobachtete ich den Sklavenanführer, wie er einen Ballen öffnete und Werkzeuge herausnahm, Breitbeile, Meißel, Ahlen und dergleichen, die vermutlich zum Aushöhlen von Baumstämmen mitgebracht worden waren, falls sich dies einmal als nötig erweisen sollte, was sich aber inzwischen durch das Floß der Jäger erübrigt hatte. Ich sah, wie liebevoll er mit den Werkzeugen umging, ganz wie ein Handwerker. Ich sah, wie er sich darin vertiefte, sie in Gruppen je nach Gebrauch und Größe zu ordnen, und sah, wie er anschließend alle Werkzeuge wieder sehr säuberlich und fachmännisch verpackte. Dann legte er den Ballen zu den übrigen zurück.

Auf der Spitze des Hügels erwartete uns eine Überraschung. Zwei Überraschungen. Die erste waren spärliche, aber immerhin vorhandene Überreste von Steinmauern von der gleichen Art, wie wir sie schon mehrmals angetroffen hatten, nur stärker zerstört oder noch länger außer Gebrauch. Noch verfallener. Keine einzige Mauer stand mehr unversehrt; es waren nur noch verwitterte Fragmente, kniehoch und von Dornen überwuchert, aber man konnte dem Plan der Erbauer von einem Steinblock zum anderen folgen. In der Nachmittagssonne leuchteten die Steine in derselben Honigfarbe wie die Blöcke, gegen oder auf die sie geschichtet waren. Wären wir länger geblieben, hätten wir vielleicht noch andere Dinge entdeckt. Wo waren all die Bewohner geblieben? fragten wir uns und rätselten herum. Kauerten ihre Skelette unter der Erde in der Ebene ringsum, unentschlossen, ob sie sich erheben und die gefährliche Reise ins Land der Vorfahren wagen sollten, oder fühlten sie sich von ihren Nachkommen verlassen? Niemand mehr, um ein Trankopfer darzubringen. Nur Wind und Hyänengelächter. Etwas hier war vollständig ausgelöscht. Hier war nichts als Trauer, nichts als Sinnlosigkeit und verschlissene Spuren von Größe. Unterhalb von uns stieg eine dünne Rauchspur in den Himmel, Bestätigung unserer gänzlich überflüssigen Gegenwart. Ach, seufzte ich, wie lange sind wir noch auf Reisen?

Die zweite Überraschung auf dem Hügel machte mich noch trauriger. Der Fremde entdeckte als Erster eine Höhle auf der Ostseite, aber ich bemerkte als Erste die seltsamen Zeichnungen auf den Felswänden. Sie schienen wie Menschen auszusehen, aber auch wie unbewegliche Insekten, wahllos manchmal in Haufen, manchmal einzeln und manchmal in Rostbraun und Weiß übereinander gezeichnet. Ganz schwach. Wer, im Namen des Schöpfers aller Dinge, sollte hierhergekommen sein, um sich zu verewigen, und noch dazu so unvollendet? Es war zu merkwürdig. Sicher nicht die Bewohner der ummauerten Stadt. Der Fremde und der älteste Sohn waren genauso erstaunt. Der Fremde beklagte die mangelnde Vollkommenheit und die offenkundig fehlenden Kunstregeln bei diesen ungeschickten

Versuchen. Anscheinend rückständige Maler einer rückständigen Gesellschaft. Völlig amateurhaft. Das Werk erwachsener Kinder. Und doch nicht ganz. Es fiel uns keine Erklärung ein. Die kleinen Figuren, so ohne jeden Zusammenhang ins Herz der Wildnis verbannt. Es gab zu viele Fragen hier und nicht den Trost einer Antwort. Hier waren Menschen gekommen und gegangen und aufs Neue gekommen und gegangen, trostlos, bis in alle Ewigkeit.

Hier, sagte der älteste Sohn, ist etwas, das aussieht wie eine Antilope.

Der Fremde ließ sich in gewählten Worten über Malereien auf Pergament und Seide aus, die er auf seinen Reisen in andere Länder gesehen hatte, über die Fülle und Feinheit der verwendeten Farben und die Ausgewogenheit von Bäumen, Vögeln und Menschen – die als Bäume, Vögel und Menschen zu erkennen seien, betonte er –, von geübten Künstlern gemalt, Schulen und Zeitströmungen zuzuordnen, und zudem ein wertvoller Besitz. Er kratzte mit der Klinge seines Dolchs an einer der lächerlichen Zeichnungen. Irgendjemandes Zeitvertreib, entschied er. Das hat nichts mit Kunst zu tun. Das dokumentiert nichts, will nichts vermitteln und keinen ästhetischen Genuss bereiten. Es ist ohne jede Funktion. Je mehr der Fremde sprach, desto mehr regte er sich über die Felszeichnungen auf, und nun begann er, sie sogar abzukratzen.

Hier ist etwas, das wie eine Frau aussieht, sagte der älteste Sohn. Es hat Brüste. Hier ist, glaube ich, eine Schlange. Und sehen Sie einmal hier! Ein Elefant mit gezacktem Rücken!

Er brach in haltloses Lachen aus.

Ich kehrte den beiden den Rücken, stand im Eingang der Höhle und sah über das dunkelnde Veld hinweg auf den glitzernden Abendstern. Weit entfernt hörte ich die Stimmen der Sklaven, aber immer durch das Geräusch des Windes hindurch, der einmal lauter, dann wieder leiser wie Atmen klang. Ich war so niedergeschlagen. Ich hatte das Gefühl, als krampfte sich meine Kehle zusammen, es kam mir vor, als würde mich das Unverständliche jeden Augenblick ersticken und als müsste ich einen Schrei in den Wind schleudern, der im Wind ersterben würde.

Es ist alles sinnlos, dachte ich und stieg den Hügel allein hinunter. Ich ging bis zu einem Felsvorsprung, und als ich dort stand, hörte ich mich etwas sagen. Nicht sagen. Murmeln. Stammeln. Ich hörte die Worte stoßweise aus meinem Mund über den Steilhang fallen und von der winderfüllten Stille verschluckt werden, Worte über einen Schakal, der mit brennendem Schwanz durch die Luft laufen und alles in Brand setzen würde. Also sprang mir ein Schakal aus dem Mund. Ich hörte mich fiebernde Prophezeiungen ausstoßen über Sprachen, die bislang noch schliefen, über seltsame Bäume, die eines Tages durch Täler, über Hügel und an Berghängen entlang davonmarschieren würden. Ich prophezeite, es werde ein Umhergehen im Erdinnern geben. Ich prophezeite, riesige graue Wellenbrecher würden dem Meer entgegengestellt, und Schiffe würden sich unter dem Wasser verstecken, es werde eine Völkerwanderung vor und zurück geben und immer von neuem Vernichtung, und als alles aus mir heraus war, als mir all die faserigen Laute von der Zunge waren, hatte ich das Gefühl, etwas hätte an mir genagt, als wäre ich in lauter Löcher zernagt, böte kein Hindernis mehr für den Wind und wäre ohne jeden Widerstand – und in Angst um mich stieg ich, so schnell ich konnte, die letzte Strecke hinunter und hastete auf die Sklaven und die Geborgenheit des Feuers zu.

Bei ihnen angekommen, fragte ich sie, ob sie mich zufällig gehört hätten. Sie starrten mich blöde an und wandten sich wieder ihren Pflichten zu. Der Sklave, der nicht mehr arbeitete, der sogenannte Anführer, sah mich nicht einmal an und ließ sich zu keiner Antwort herab. Der Fremde und der älteste Sohn hatten mich anscheinend ebenso wenig gehört, wie ich aus meinen vorsichtigen Erkundigungen schloss. Ich ärgerte mich und war todmüde und nicht erleichtert.

Nun geschah es, dass der Fremde und ich nicht weit von den anderen bei unserem eigenen flackernden Feuer schliefen, während der älteste Sohn weiter entfernt, aber in der Nähe der Träger und eines großen Feuers schlief. Nach dem Verschwinden der Sanga-Rinder wurden bei Nacht Wachen aufgestellt. Doch diese praktische Maßnahme war wieder fallengelassen worden und in Vergessenheit geraten, nachdem wir einmal vom Wassergeist verhext worden waren. Die Laschheit jener Zeit war zwar Eifer und Geschäftigkeit gewichen, sobald wir auf dem diesseitigen Ufer waren, aber es war Sorgfalt, die weder Druck noch Aufsicht erfordert hatte. Selbst die Ketten waren auf dem anderen Ufer zurückgelassen worden, und die Sklaven schliefen frei wie wir. Sie hielten in Wahrheit aus eigenem Antrieb abwechselnd Wache über die Schlafenden sowie über die stetig schwindenden Vorräte und trafen immer unabhängigere Entscheidungen. Ihr Anführer natürlich.

Nun geschah es, dass der Fremde und ich niemals irgendein Zeichen einer Verschwörung zwischen dem ältesten Sohn und den Sklaven entdeckten, und doch waren eines Morgens, als wir uns den Schlaf aus den Augen rieben, weder er noch die ganzen Sklaven mitsamt den Vorräten mehr da. Verschwunden. Vollständig. Der Fremde erklomm einen Termitenhügel und hielt nach allen Seiten Ausschau – ohne Erfolg. Das Veld war einfach ein Veld, mit Veldgeräuschen – mit Rascheln, Zwitschern, Tschirpen.

Wir versuchten, ihre Spuren zu finden, wir trieben uns gegenseitig an und hatten keinen Erfolg. Wir bemerkten flachgetretenes Gras und Fußabdrücke in unmittelbarer Nähe der Feuer – das war alles. Wir nahmen natürlich an, dass der älteste Sohn und die Sklaven, falls sie beschlossen hatten, die Expedition ohne uns fortzusetzen, in Richtung der sinkenden Sonne gegangen waren, aber auch in dieser Richtung fiel uns nichts auf, das nach Spuren von zu Fuß gehenden Menschen ausgesehen hätte. Die harte Erde wies keine Fährten auf, und überall standen schiefe Grasbüschel. Wir vergeudeten einen Tag damit umherzulaufen, weil wir insgeheim hofften, sie kämen zurück. Das geschah nicht. Als sich die Nacht senkte, befiel uns eine große, schreckliche Klarheit. Wir gingen schweigend schlafen, schweigend erhoben wir uns am nächsten Morgen und machten uns in mäßigem Tempo auf den Weg. Ich muss hinzufügen, dass wir meine Sänfte, die einzige der drei aus der Stadt mitgebrachten, die noch in Gebrauch gewesen war, zurückließen. Ohne Werkzeuge konnten wir sie nicht zu Feuerholz zerhacken, und der nutzlose Gegenstand blieb neben der Asche des kleinen Feuers stehen, für das wir mageres Unterholz zusammengelesen hatten – alles in tödlicher Stille.

Wir folgten der Richtung der Sonne, doch der Lauf des Flusses zwang uns, davon abzuweichen. Ohne Sklaven, die uns durch das Wasser trugen, waren wir hilflos. Wir hatten keine Wasserbeutel. Wir lebten von der Veldnahrung, die ich eher zufällig dadurch erkennen gelernt hatte, dass ich die Träger im Auge behielt. Es war harte Arbeit. Ich tat, was ich konnte, aber wir fanden kaum genug, um Körper und Seele beisammenzuhalten. In der Zeit unserer Prüfung an dieser trostlosen Stätte waren wir trotz allem gutherzig und zärtlich zueinander. Aber die erschreckende Größe der Nächte machte uns hoffnungslos.

Eines Tages sahen wir Geier und humpelten zu der Stelle, über der sie kreisten. Ein ekelerregender Gestank stieg uns in die Nase. Ich wusste, wir hatten beide denselben Gedanken, aber der Gestank war allzu grauenhaft. Außerdem ließen die Geier uns gar nicht durch. Sie hüpften um das Gerippe, vermutlich von einem Gnu, und hackten nacheinander. Sie fraßen gierig, als würden wir, die wir gleich außerhalb ihres Kreises standen, überhaupt nicht existieren.

Wir gingen viele Tage lang. Das Veld veränderte sich nicht. Manchmal sprachen wir miteinander. Ich drückte mein Erstaunen über den ältesten Sohn aus.

Sie würden ihn umbringen, sein Geld nehmen und sich in der Wüstenstadt ihre Freiheit suchen – das war die Meinung des Fremden.

Noch heute verstehe ich das Verhalten des ältesten Sohns, des Haupterben des wohlhabendsten Kaufmanns in der Küstenstadt, nicht, der durch Einfluss und Macht seines Vaters von Kindesbeinen an nur das Beste erhalten hatte, nur das Vorzüglichste, was die Zivilisation zu bieten hatte, und der ein Exzentriker, ein leicht aufbrausender Träumer und Phantast geworden war, der seine schlechte Laune an Hilflosen ausließ, aber auch reichlich Almosen auszuteilen verstand. Das letzte Mal hatte ich dies am Tag unserer Abreise am Stadtrand miterlebt. Er nahm eine Handvoll Geld aus seiner Ledertasche und schleuderte es von der Höhe seiner Sänfte auf einen am Straßenrand sitzenden Leprakranken, ohne ihn anzusehen. Einige Münzen trafen den Mann mitten in sein verkrampftes Gesicht. Er konnte nichts anderes tun, als sich zu bücken und dann auf allen vieren hinter dem Geld herzukriechen, denn seine Füße waren schon zu verkrüppelt, um noch damit zu gehen; und mit seinen Händen, die sich in ausgetrocknete Mopani-Würmer verwandelt hatten und genauso braun, genauso grau und schwarz waren, versuchte er, die Münzen aufzulesen. Sie hochzukriegen.

Hin- und herschaukelnd verschwand ich um eine Ecke. Ich glaube, dieser Ausgestoßene war der letzte Stadtbewohner, den ich zu Gesicht bekam. Warum ertränken sich diese Kreaturen nicht? Sie faulen vor sich hin, bis sie zur Erde zurückkehren. Es verursachte mir Übelkeit. Wir stießen mehr als einmal auf Selbstmörder im Wald. Wir sahen Paare von Füßen, manche nackt, manche noch in groben Sandalen steckend, in Augenhöhe kreiseln oder unbeweglich hängen, und zwischen den Blättern tauchten einen Augenblick lang die verzerrten Gesichter alter Frauen auf, die aussahen, als schrien sie uns ihre Misshandlung entgegen. Gleichfalls Ausgestoßene. Kinderlose Frauen oder Frauen, die der Hexerei überführt waren und von allen gemieden wurden, weil sie nicht beweisen konnten, dass nicht sie den mysteriösen Tod auf das Vieh gehetzt und die Missernten verursacht hatten.

Natürlich frage ich mich oft, wie lange jemand bis dahin durchhält. Sicher gibt es irgendwo eine Grenze, die einem immer klarer wird, nach der man dann greift wie nach dem Grau des Schlafs und weiter nach dem grauen Traum, in dem man, wie in einem kleineren Tod, Gut und Böse, diesem untrennbaren Paar, begegnet, den Zwillingen, die dem Tod trotzen.

Meine Träume füllen mich und helfen mir, die Zeit zu verschlingen. Es macht mir nichts mehr aus, dass ich es nicht vermag, ordentlich über die Zeit zu verfügen, sie wegzupacken und vorzugsweise zu vergessen; denn jetzt werde ich gewahr, dass Träumen und Wachen sich nicht gegenseitig ausschließen, sondern sich erweitern und ineinanderfließen, sich gegenseitig bereichern und ergänzen und erträglich machen und dass mein Baobab ein wahrgewordener Traum ist, und wenn ich die kleinen Menschen sehe, weiß ich, dass sie Traumfiguren sind, die wirklich jagen und mich wirklich mit Nahrung versorgen, und dass sie mich wirklich sehen, aber mich gleichzeitig nicht sehen, weil ich in ihrem Traum existiere und sie ihren Traum nähren, indem sie mich versorgen. Wir begegnen einander und wissen nichts voneinander. Wir gehen getrennte Wege und hängen voneinander ab, sie davon, dass ich bin, wie ich bin, und ich davon, dass sie sich verhalten, wie sie sich verhalten.

Heutzutage lache ich wehmütig über meine krampfhaften Versuche, mit Hilfe der schwarzen und grünen Perlen, die ich aufgelesen hatte, etwas zu messen, das messen und festhalten zu wollen, lächerlich ist. Ich schreibe es meiner Erziehung zu, die zwar Zufall, aber nichtsdestotrotz eine Erziehung war, in der Teilen und Zählen und Einordnen eine so bedeutende Rolle spielte, dass sie Menschen dazu bringen konnte, eine Reise zu unternehmen, die auf ganz bestimmte Weise verlaufen und etwas ganz Bestimmtes erreichen sollte und die daher aus ganz bestimmten Gründen in dieser und keiner anderen Weise zu unternehmen war, in dieser und keiner anderen Jahreszeit, in dieser und keiner anderen Richtung, mit dieser und nicht mit jener Ausrüstung – wobei jede kleinste Einzelheit in Betracht gezogen wurde –, und als mit Spätsommerträgheit der Tag unserer Abreise nahte, als der Tag ins Reich der Nacht glitt und wir unsere Müdigkeit und unser Gähnen vergaßen, als wir zum letzten Mal aus purer Gewohnheit aufs Meer blickten und die Dhaus und Skiffs sich heben und senken sahen und der Himmel in Feuertönen in den Kudubeerenbäumen zu brennen begann, da bemerkte niemand von uns, dass wir in einen Traum eintraten. So trügerisch sind die Abenteuer des Schlafs.

Es ist klar, wenn ich diese letzte Gabe der kleinen Menschen ausgetrunken habe, dass ich den Zugang zu einer neuen Art von Traum gewinnen werde. Das Gebräu ist mir unbekannt, aber ich brauche es nicht zu kennen, um zu wissen, dass es zur Hauptsache aus dem Hirn von Krokodilen besteht. Vielleicht ist es dies, was ich erwartet habe. Wird ein dunkel murmelnder Wind kommen und mich holen?

Was werde ich mit den goldenen Nägeln und den Perlen, mit dem fast schwarzen Wassertopf und der Straußeneischale, meinen Besitztümern, tun? Ich wünsche mir Zeit, um sie mir noch einmal anzueignen. Die Nägel waren das nutzloseste Geschenk. Ich konnte nichts mit ihnen anfangen, und es ist mir immer ein Rätsel geblieben, wie ich Dankbarkeit dafür bezeugen sollte. Hier liegen sie in meiner Hand wie Samen, die nutzvoll keimen könnten.

Alles, was ich tue, wird diskret beobachtet, und noch meine letzte Geste, wenn ich die Straußeneischale an die Lippen hebe, wird beobachtet und (hoffentlich, vermutlich, wahrscheinlich) gutgeheißen werden. Ich werde es respektvoll, langsam und majestätisch tun, in einem letzten vergeblichen Bemühen, Ansprüche zu erfüllen, die ich nicht verstehe.

Aber ohne sie wäre ich schon lange verhungert. Ich war in einem gefährlichen Zustand, als es zu der Begegnung kam.

Sengende Frühwintersonne, aber ich blieb im Bauch des großen Baums und schlief. Ich schlief vor Hunger und Erschöpfung, im Fieberwahn, langsam dahinschwindend, zu schwach, um meine Behausung zu wechseln und in bessere Weidegründe zu ziehen, einfach dankbar für das geräumige, nackte, seines Laubs beraubte Versteck, den unbequemen Koloss mit seinen forschenden Fingern. Ich lag im Halbschlaf und wusste nicht, ob sich das, was ich hörte, wirklich draußen oder in meinem Kopf abspielte, denn ich merkte, dass Leute sprachen, aber sie sprachen wie im Schlaf, wo man nichts versteht. Phantome machten sich um den Baum herum zu schaffen, und ich fragte mich, ob sie wohl in meine eigene Traumwirklichkeit eindringen und sich über mich beugen würden. Ich roch etwas. Ich roch Rauch. Es machte mir Angst. Ich wollte noch nicht glauben, dass ich in den Flammen meines Wahns verbrennen müsste. Durch die Öffnung sah ich fließende Formen vorbeiziehen und richtete mich, auf einen Ellbogen gestützt, auf. Rauch. Menschliche Stimmen. Die Phantome trugen lange, entblätterte Äste herbei, die auf primitive Art miteinander verbunden waren, so dass es einer Leiter glich. Ich verstand nichts von dem, was vorging. Nichts von den Ereignissen, die sich um meine Behausung abspielten. Ich sah Gesichter. Durch einen Dunst von Rauch und Nicht-Begreifen sah ich, wie die Leiter gegen den glatten Stamm gelehnt wurde, wie Männer mit Büscheln brennender Zweige darauf hochkletterten, ich hörte Freudenschreie, ich sah geisterhafte Menschen tanzen, Männer, Frauen und Kinder, ich sah sie sich mit Essen vollstopfen und sich die Lippen lecken und hörte sie lachen, und ich trat aus dem Baobab – die mageren Überreste von mir –, trat aus dem Schattenmund der Öffnung in das blendende Winterlicht, in die Fetzen eines Seidengewandes gehüllt, die Augen riesig, die Lippen geöffnet, die Hände hilflos vorgestreckt. Ich sprach.

Erst am nächsten Tag müssen einer oder zwei von ihnen zurückgekommen sein, denn als ich von meinem Trinkwasserbach zurückkam, wartete eine getrocknete, ausgehöhlte Guavenfrucht, mit Honig gefüllt, in dem Baumloch auf mich. Dunkelbrauner, fast schwarzer Honig mit der Körnigkeit von Bienenmaden.

Wie sollte ich meine Dankbarkeit zeigen? Ich hielt die Guave in meinen ausgestreckten Händen und stand nicht weit vom Baumstamm, so dass ich gut zu sehen war. Eine Zeitlang stand ich so da. Die Bienen in dem verletzten Nest über mir schwirrten emsig und summten, während sie versuchten, den Schaden vor dem Kälteeinbruch auszubessern. In der Bewegung von Licht und Schatten sah es aus, als würden sie umherschwimmen, als tauchten sie auf und unter. So zollte ich den Bienen und ihren Mitwissern Anerkennung.

Jeden Tag erwartete mich irgendetwas. Wenn ich Wasser trinken ging, kamen sie mit ihren Gaben und setzten sie vor der Öffnung ab. Ich tat, als ginge ich ins Unterholz am Fluss, aber ich ging nicht sofort zum Wasser; ich versteckte mich im Dickicht und beobachtete die Umgebung des Baobabs. Ich sah, wie zwei Männer durch das hohe Gras näherkamen. Sie waren klein, und durch das Gras wirkten sie noch kleiner. Sie hatten helle Haut und kurzes Haar wie Moos auf dem Kopf. Sie trugen grobe Kleidung und grobe Waffen. Zunächst starrten sie den Baum an, dann kamen sie schnell näher, stellten etwas ab und machten sich davon. Das hohe Gras verschluckte sie.

Ein Kaffernhornrabe kam heranspaziert. Ich sah, dass er auf die Baobaböffnung zusteuerte. Ich konnte deutlich den berechnenden Blick in seinen hellblauen, von steifen Wimpern kokett verschleierten Augen erkennen. Ich wurde zornig, und bevor er mein Geschenk erreichen konnte, stürzte ich aus meinem Versteck und jagte ihn davon. Am nächsten Tag wurde mir nichts gebracht. Erst am darauffolgenden Tag. Auf diese Weise lernte ich, mich nach unbekannten Gesetzen zu richten, obwohl ich vor Neugier brannte und alles darum gegeben hätte, mehr in Erfahrung zu bringen.

Die nützlichen Fellkleider, die sie mir gaben, waren besonders willkommen bei den ersten Anzeichen des Winters, der hier so viel rauer war als die Winter, die ich gewohnt war, rauer, trockener und gelber. Die Erde bröckelte und wurde zu Pulver. Die Äste der Laubbäume zeichneten verworrene Silhouetten in einen viel heller gewordenen Himmel. Und die Bauhiniablumen verblühten im wilden Taumel ihrer hervorschießenden Samen. Alles erschien mir wie verlassen. Die Ibiskolonie wirkte staubig und zerrupft. Selbst die Elefanten sahen trübselig aus.

Ich verspürte die Wirkung. Ich fiel erneut in Melancholie. Die Frechheit einer Manguste, die Wasserspiele eines Otters konnten mich nicht aufheitern. Die kopfwackelnden Felseidechsen lenkten mich nicht ab. Ich wanderte matt und ziellos umher.

Durch die Einschüchterungsmanöver eines Leitpavians davongejagt, hatte ich die ersten Perlen irgendwo aufgelesen, wo sich ein Riss in einem Felsen zu einem Felsspalt öffnete, irgendwo im Staub zwischen ineinander verflochtenen, trockenen, toten Halmen, Grasbüscheln, Blütenkelchen, Blütenblättern und Wurzeln, irgendwo vor gar nicht so langer Zeit.

Menschenwerk. Menschen hier. Eine unermessliche Entfernung zwischen mir und ihnen, die Perlen und Tonscherben hinterlassen hatten, uneinholbare Zeit, unüberbrückbare Entfremdung, meine Einsamkeit unwiderruflich und durch diesen winzigen Fund noch verstärkt, die Dauer der Einsamkeit endlos, da ich von Menschen umgeben bin, die sich fernhalten und für die ich nur als Erscheinung existiere.

Als Erscheinung gedieh ich, wurde wieder rund und mollig durch Pilze und Aasblumenstengel, Pythonfleisch, Marulas, Fetthennen und Wasserbockleber. Was immer sich in einem Winter und einem Sommer dem Blick und den Sammelbeuteln, Pfeilen und Bögen der kleinen Menschen bot, bekam auch ich zu essen. Von Not war keine Rede mehr, sondern eher von trägem Überfluss.

Wem soll ich dafür danken, frage ich mich manchmal. Mein Wassergeist schweigt. Also danke ich der Honigbiene. Ich danke dem Baum, der sie beherbergt. Ich danke der Erde, die dem Baum seinen Halt gibt, sehr mühsam Halt gibt, weil er von oben nach unten wächst. Ich danke dem Regen, der bis zu den Wurzeln des Baums sickert, so dass er trinken und Blätter und Blüten treiben kann. Aber der Wassergeist schweigt. Du, Baobab, den tagsüber die Bienen umtanzen und dessen empfindliche, wie Monde aufgehende Blüten nachts so viele Fledermäuse umschwirren, in dessen Astgabeln der Regen Wasser für mich gießt – mein Wassergeist schweigt sich über dich aus. Einmal fand ich eine verletzte Fledermaus auf dem Boden neben der mit Tageslicht gefüllten Öffnung. Zuerst dachte ich, es sei ein seltsam flacher Frosch, der sich rückwärts hinausschleppte. Dann bemerkte ich das Fell. Dann sah ich die Ohren. Und ging zum Wasser hinunter. Als ich zurückkam, war sie verschwunden.

Ich suchte nach der Stelle, an der ich die ersten Perlen aufgesammelt hatte. Ich suchte unaufhörlich, mit nagender Ungeduld.

Die Fledermaus war verschwunden. Eine Kette aus Straußeneisplittern in der Farbe wilder Pfirsichblüten und eine Handvoll Mispeln warteten auf mich.

Eines späten Nachmittags entdeckte ich dann den blassen Fleck einer Felsfeige in einer überwachsenen Spalte, erklomm überstürzt die Steinsimse, zog mich an freihängenden Wurzeln hoch und stand auf einem kleinen Plateau. Die steile Seite, an der ich hochgeklettert war, lag schräg sowohl zum Sonnenaufgang wie zum Sonnenuntergang und bot den Blick über einen langen, nackten Hügel mit Baumgruppen. Ein paar Giraffen. Der Staub einer vermischten Herde schnaubender, bellender Gnus und Zebras. Zunächst fiel mir nichts weiter auf. Ein Schwarm Vögel, doch, das noch, der schnell in der Ferne verschwand. Der Wind war überall gegenwärtig. Er rauschte stetig, als wäre er der Gefährte der Stille. Das war alles, was ich bei meiner gründlichen Untersuchung des Plateaus fand: Wind und den Hintergrund des Windes, Stille. Ich machte mir weis, er sei der Wächter, der alles ausgelöscht hatte – und wehe dem, der kam, um hier herumzuschnüffeln. Warum etwas aufkratzen, ausgraben, ans Licht zerren, darüber spekulieren und daraus Schlüsse ziehen? Lass es, lass es doch. Es war vielleicht einmal.

Eine Stadt vielleicht, mit einem Herrscher und Untertanen. Ich wusste nicht, was sie hier gesucht hatten, warum sie ihre Häuser ausgerechnet hier bauten, mit dem Blick auf die Endlosigkeit; ob sie von dem großen Meer wussten, das an die Horizonte schlug, und ob sie ihre Götter in den Himmelskörpern oder anderswo vermuteten; ob sie ihnen zu Ehren Zeremonien abhielten, die sie wieder fallen ließen, die Augen glasig vor Gläubigkeit und die Herzen voll guter Absicht, und ob sie von vornherein von ihrem sicheren Tod wussten. Oder war der Tod für sie ein Glücksspiel, manchmal durch Krankheiten erschwert und manchmal schlagartig gewährt – auf jeden Fall jedoch der eigentliche Beginn des Lebens ohne die Last eines Körpers und seine zeitraubenden Bedürfnisse –, und wenn Tod Leben ist, dann leben sie immer noch hier. Hier. Genau hier.

Der Wind erstarb. In der unglaublichen Stille rollte einer der großen Steine den Steilhang hinunter, hüpfte, sprang, als führe er ein phantastisches, geräuschloses Kunststück aus, und kam auf der unteren Ebene zum Halten. Die Geräuschlosigkeit versetzte mich in Angst. Jetzt hörte ich gar nichts mehr. Plötzlich wusste ich, wenn ich jetzt spräche, würde etwas Gewaltiges geschehen. Die Toten würden sich erheben, oder nein, sie würden für mich sichtbar werden, und die Zeit würde sich überschlagen, die Erde würde kippen, kentern und kopfüber in Richtung der grenzenlosen Dunkelheit hängen, und der Wassergeist würde in den ewigen Raum reisen und für immer verloren sein.

Dann fühlte ich etwas in mein Ohr kriechen. Es kitzelte und juckte, und ich schüttelte den Kopf. Eine Ameise. Irgendetwas. Ein Insekt. Ich zerquetschte es mit dem Finger. Und als wäre ich eine Zeitlang ohne Bewusstsein gewesen, bemerkte ich nun, dass sich der Himmel bewölkt hatte und es jeden Augenblick regnen könnte. Hastig machte ich mich davon, besessen vor Angst und fest entschlossen, den Baobab zu erreichen, bevor die Blitze zu zucken begannen, aber vor allem fest entschlossen, wieder in der Zeit anzukommen, der Zeit, in die ich gehörte. Denn während ich rannte und manchmal auch stolperte, fühlte ich eine andere Welt hinter meinem Rücken anwachsen; ich fühlte, wie das, was einmal existiert hatte, sein Reich immer schneller ausdehnte, und ich fühlte, dass ich mich bald – gerade weil ich rannte – in einer gänzlich anderen Zeit bewegen würde.

Ich erreichte den Baobab mit klopfendem Herzen und einem so stechenden Schmerz in der Milz, dass ich mich krümmte, und ich kauerte in der Öffnung und sah auf das Rosettenmuster, das die ersten Regentropfen bilden, wenn sie in den Staub fallen.

So ergab ich mich den Mächten meiner Umgebung, oder, um es weniger mutlos auszudrücken, ich lernte, mit ihnen zu leben, so wie ich es gelernt hatte, mit dem Veld, den Tieren und Insekten zu leben, mit der Wahl meiner Wege in der Wirklichkeit und im Schlaf und mit der Gegenwart von Menschen, die mich von sich fernhalten. Es ist eine seltsame Erfahrung, ein gemeinsames Leben zu führen ohne Verständigung, und ich frage mich oft, ob sie mich bemitleiden wollen oder mich verehren. Ich versuche mich angemessen zu verhalten. Mir einzugestehen, dass ich nichts anderes tun und mein Los als verwöhnte Gefangene nur akzeptieren und mich entsprechend dankbar erweisen kann. Es ist, als verstärke die Anwesenheit anderer meine Einsamkeit, als hätte sich die Entfernung zwischen mir und den anderen Menschen jetzt, wo sie in fühlbarer Nachbarschaft leben, noch vergrößert. Ich sehe sie in der Ferne umhergehen, ich sehe Mädchen mit einer Guave spielen und sie sich zuwerfen, ich sehe Frauen Babys auf ihrem vorstehenden Hintern tragen, Männer mit faltigen Bäuchen und stockdünnen Beinen, alle gelb wie ein Schildkrötenbauch, und ich halte mir den Mund zu, damit ich nicht plötzlich jemanden herbeirufe. Ich höre die Klickgeräusche, in denen sie sprechen, und murmele etwas vor mich hin, das wie die Sprache meiner Kindertage klingt. Verlorengegangene Wörter nehmen blasse Formen an. Mutter sehe ich vor mir,

Vater, Brüder, Schwestern. Ich sehe Hütten und sehr hohe Bäume mit Stämmen, die wie bauschige Röcke gefältelt sind, und grünem Laub. Mutter sehe ich wieder. Wärme und Weichheit, Schlankheit, lange Brüste mit kräftigen Spitzen. Ich höre undeutliche Stimmen und andere Geräusche, ein Hacken, ein Prasseln. Ich erinnere mich plötzlich an Hunde, die niemals bellten, und lärmende Affen, und es herrschte Freude, erinnere ich mich, wenn Fleisch ausgeteilt wurde, ja, auch Affenfleisch, und ich hatte eine Puppe aus Borkenfasern, die Puppe trug Perlen um den Hals, ihr Kopf war eine Keule, und ich hatte die Puppe bei mir, als alle aus ihren Hütten in das dichte Unterholz flohen – meine Mutter zerrte mich am Arm, aber sie wurde getötet, ihr Kopf wurde gespalten, und ich wurde ihr mit einem Ruck entrissen und mit anderen Frauen in eine Gruppe getrieben. Es wurde auch eine große Zahl Männer gefangen. Ich hielt mich an meiner Puppe fest. Ich nahm sie in den Armen mit. Wir reisten und reisten und erreichten schließlich ein Dorf. Die männlichen Gefangenen wurden zusammengetrieben, und irgendetwas wurde mit ihnen gemacht. Einige Zeit später brachen wir auf und reisten immer weiter und kamen an eine Stadt auf einem schrecklich großen, unermesslich breiten Damm, der von einem Ende zum anderen blau war.

Jetzt weiß ich die Namen für all das: Sklave, Kastration, Handel, Küstenstadt, Meer, Zwangsarbeit. Ja, jetzt weiß ich es alles. Ich weiß die Namen, und niemand hört mir zu. Ich kann mit den Namen nichts anfangen. Sie sind nichts als Gerassel.

Von weit her höre ich mit dem Wind, dass die kleinen Menschen Musik machen. Es klingt für mich, wie wenn Käfer über ein Feuer springen. Ich höre sie auch singen und in die Hände klatschen.

Jetzt will ich eine Begegnung erzwingen.

Wenn sie das nächste Mal Baobabsamen pflücken kommen, um das saure weiße Fleisch von den Kernen zu lutschen, schwöre ich – dann. Dann werde ich ihnen nackt entgegentreten. Dann werde ich mich entkleiden. Ich werde meine Lederschürze und meinen Ledermantel mit den Springhasenknochen ebenso ablegen wie die Kette aus Straußeneisplittern, und ich werde sie mit mir konfrontieren, sie herausfordern, auch wenn ich die Herausforderung durch angelernte Anmut abmildere, schüchtern, aber königlich, verführerisch, aber zurückhaltend; und ich werde ihnen geradewegs in die Augen sehen und sie zwingen, mich ebenfalls anzusehen und mich als ein menschliches Wesen, nichts als ein menschliches Wesen anzuerkennen. Das ist alles, was ich bin.

Ich tat es. Sie näherten sich im Gespräch, und ich vermutete, dass sie zum Samenpflücken kamen wie ein paar Tage zuvor. Ich zog die Kleider aus, nahm die Ketten ab, löste die Sandalen, stieß sie mir von den Füßen, und bevor mich Zweifel und Zögern befielen, stand ich in der Öffnung des Baobabs. Und sie gingen vorüber, und einer von ihnen kletterte nun die selbstgefertigte Leiter hinauf, die sie an den Stamm gelehnt hatten, um an den Bienenstock zu gelangen, pflückte Samen und warf sie seinen Gefährten auf der Erde zu, die sie behände auffingen. Dann stieg der Pflücker gleichgültig wieder herunter, trug die Leiter auf die andere Seite und erntete dort genauso. Dann gingen sie alle davon, jeder mit einem Sammelsack auf dem

Rücken, der bis oben hin voll war mit den Früchten des Baums.

Ich wurde bewusst nicht gesehen.

In diesem Traum, in dem ich gezwungenermaßen lebe, nehme ich immer häufiger in der Stadt aus Rosenquarz Zuflucht, denn so habe ich mir die Geschichte der Jäger inzwischen zurechtgelegt. Nicht nur das Gebirge glitzert rosig, sondern auch die Stadt, in der ich in Gegenwart vieler anderer Menschen – Menschen wie ich – umherspaziere. Wir brauchen nicht miteinander zu sprechen, wir verstehen uns von allein. Ich bemerke dort auch den Fremden, aber ich entdecke kein Bedürfnis nach seiner Gesellschaft in mir, denn ich bin von einer selbstgenügsamen, kristallenen Klarheit, ich bin in reinste Seligkeit getaucht. Ein Ganzes bin ich und gleichzeitig geteilt und in allem überall gegenwärtig.

Eigenartig, dass mich der Wassergeist in eine Wüste schickt, aber ich verstehe es, denn das Wasser, siehst du, ist auch zu Quarz geworden, alles, Steine, Wasser und Menschen sind wie aus Quarz, haben den Glanz und das glanzvolle Wissen um ihr Zersplittern und Glänzendbleiben. Wenn ich dann erwache, ob nachts oder tags, fühle ich mich zerknittert und steif.

Die Beleidigung, dass ich kein Mensch sein darf, habe ich überwunden. Ebenso alle hässlichen Visionen von behaarten Hütten und schrägen Türöffnungen, die mich anlocken und einschließen wollen, alle falschen Lösungen, alle verkehrten Ausgänge, denn ich selbst bestimme Schein und Wirklichkeit. Ich herrsche. Ich träume mich hinaus und lächle innerlich mit der Selbstsicherheit derer, die längst erkannt haben, dass alles bloßer Schein ist, folge gewissenhaft meinem eigenen Weg und werde diese Abschiedsgabe, dieses Gift, in dem stärkenden Bewusstsein trinken, dass ein Traum in den anderen führt.

Es gibt kein anderes Ende. Das räume ich ein. Ich bin verbraucht. Auch für mich selbst; ob das jedoch einen Teil ihrer Überlegungen ausmacht, ist eigentlich unbedeutend, und warum sollten sie in ihrem Gram auf die Gefühle eines Wesens Rücksicht nehmen, das sie enttäuscht hat, das so kläglich versagt hat, wo es doch einen Ausweg hätte wissen müssen?

Lasst die Götter über unsere Köpfe starren, hatte der Fremde einmal gesagt. Sie wissen, was sie sehen.

Genau das war es, was ich nicht wusste. Woran ich teilhaben wollte. So glaubte ich.

Der Fremde wusste Geschichten über viele Götter und Religionen zu erzählen, über die sonderbaren Bräuche von Priestern, Schwärmern und Propheten in den Städten, mit denen er auf seinen Handelsreisen in Berührung kam, über ihre Bosheit untereinander, ihren Konkurrenzkampf um den blinden Gehorsam der Massen und um die Gunst der Herrschenden, die dadurch zu ihrer Finanzierung und damit zum Erwerb von Machtpositionen für die Priesterkaste führen konnte, und alles, alles nur deshalb, weil der Mensch den Tod fürchtete, alles nur, um diese Angst zu bannen. Das Versprechen vom Kreislauf des Lebens, das Versprechen der Wiederauferstehung, das Versprechen von einem Paradies danach, einer freundlichen Vorfahrengemeinschaft, vom Heil durch Enthaltsamkeit, aber auch durch Geldanlagen und Schenkungen; und jede Religion warb schamlos um Anhänger und verdammte schamlos jede andere.

Und dabei ist der Tod eine Banalität! sagte der Fremde, verstummte und wartete darauf, dass ihm jemand widersprach. Geschichten, um Kindern Angst einzujagen, war seine Schlussfolgerung. Bestenfalls langweilig und manchmal amüsant wie Abenteuergeschichten. Wir sollten uns lieber Fabeln erzählen, als uns über Religion die Köpfe einzuschlagen. Wer glaubt mir, dass es ein Land gibt, wo Leute auf Elefanten reiten? Wer glaubt mir, dass es ein Land gibt, wo Leute auf einem Tier mit zwei Höckern reiten? Wer glaubt mir, dass es ein Land gibt, wo Leute auf ihren gepflügten Veldern Büffel ins Joch spannen? Dass es ein Land gibt, wo sie aus Milch Licht machen? Aber ihr Philosophen und Wortverdreher glaubt an ein Paradies?

Der Fremde lachte verächtlich.

Es gibt genug wunderbare Dinge im Leben, die meine Neugier erregen. Meine Gier nach Wissen macht mich habgierig. Sehen Sie!

Er nahm eine der Ketten ab, die er um den Hals trug, eine Goldkette, an der ein gewaltiger Blutjaspis wie ein Käfer hing, ein kunstvoll gravierter Marienkäfer, nur grausamer und größer.

Wer von Ihnen glaubt, dass dieses Juwel vom Hals eines toten Mannes gestohlen wurde, der immer noch am Leben ist? fragte er.

Ich erinnere mich an die verblüfften Ausrufe und widerstrebenden Gesten, an das Murren und erzwungene Lächeln auf den Gesichtern einiger unserer angesehensten Bürger, die es sich nicht leisten konnten, ihre Unwissenheit zu zeigen, und die sie daher hinter leerer Höflichkeit verbargen.

Ich wünschte, seufzte der Fremde, ich könnte bis an die äußerste Grenze der Welt reisen. Ich bin so gierig.

Ich erinnere mich auch noch, dass der älteste Sohn damals dabei war, wie er aufmerksam zuhörte und mit seinem Stock auf seinen Schenkel schlug, dass er aber wie gewöhnlich nichts sagte. Mein Wohltäter beteiligte sich ebenfalls selten an solchen Unterhaltungen. Zu krank. Zu benommen vom Fieber. Mein Herz schlug für ihn und den Fremden. Die Hand meines Wohltäters zitterte, wenn er einen Löffel Bohnen langsam an die Lippen führte. Was hielt er von dem ganzen Gerede über den Tod, er, der davon berührt war? Seine Augen, tief in ihren Höhlen, verrieten nichts.

Von allen Unterhaltungen, die bei seinen Gelagen geführt wurden, interessierten mich am wenigsten die über den Krieg. Um ehrlich zu sein, fand ich immer, wenn das Gespräch auf den Krieg kam, einen Grund, etwas aufzutragen oder abzuräumen oder mich um andere häusliche Dinge zu kümmern. Es war die Rede von See- und Landschlachten, Waffenausrüstung, Piraterie, Siegesfeiern und der Aufteilung der Beute, von Lösegeld und Erpressung, Überfällen, Strafexpeditionen und solchen Themen, über die die Männer stritten und mit denen sie die anderen zu beeindrucken suchten, Themen, die ihnen Gelegenheit gaben, die unterschiedlichsten Thesen von sich zu geben und äußerst gehässig und sarkastisch auf die Theorien der anderen zu reagieren. Das größte Profitspiel nannte der Fremde den Krieg, und er war zumindest einer der wenigen am Tisch, die aus Erfahrung sprechen konnten.

Die kleine Dhauflotte unter seinem Kommando hatte bereits Überfälle gemacht und war auch von Piraten angegriffen worden. Er war im Unterschied zu den Städtern schon in hitzige Gefechte mit Kriegern verwickelt worden. Er hatte getötet. War selbst verwundet worden. Er wusste, wovon er redete, wenn er von einer blutigen Schlächterei sprach, denn für ihn verbanden sich Erinnerungen mit solchen Geschehnissen, und für ihn bedeutete jede Schlacht mehr Erfahrung, zunehmendes Wissen einer Realität, mit der er entgegen seinen Wünschen beruflich zu tun hatte, und war keine Phantasie. Keine bloßen Geschichten von Heldentum. Er hatte verwundete Männer von Bord fallen und abgehackte Glieder im Wasser treiben sehen, Blut und Erregung, die Haie von nah und fern anlockten, und er hatte die unglücklichen Ertrinkenden sich brüllend gegen die gnadenlosen Bisse der Ungeheuer wehren hören, vergeblich. So gelassen und kultiviert er hier saß und redete, so barbarisch war die unverhüllte Sprache, die er gebrauchte. Abhacken, erstechen, verstümmeln, treten, pfählen.

Währenddessen schwatzten die Städter, fett vom Wohlstand eines unsicheren Friedens am Rand der Geschichte, über Verteidigung und den Bau von Forts und Festungswällen, schwatzten einfach und taten nichts, aus Faulheit, Neid, Mangel an Vertrauen ineinander und vor allem aus Geiz, vermutete ich, und weil sie sich auch überhaupt nicht bedroht fühlten. Sie unterhielten ausgezeichnete Beziehungen zu den vielen Dhaus, die warenbeladen über das Meer kamen. Ihre eigenen Skiffs verteilten die Waren an kleinere Küstenstädte und luden dafür Leopardenfelle, Elfenbein und Amber, Schildpatt und Rhinozeroshörner, um sie zu der Küstenstadt und ihren Großhändlern zurückzubringen, und diese günstige Übereinkunft bestand schon so lange, dass sie niemandem geglaubt hätten, der ihnen ein Komplott zur Ruinierung ihres blühenden Handels vorausgesagt hätte. Wer könnte denn so dumm sein? Es war ja zum Vorteil aller Beteiligten. Es stand außer Frage, dass die eigenartigen Karavellen, die neuerdings auftauchten, keine Gefahr bedeuteten. Außerdem waren mit diesen Neuankömmlingen rasch Beziehungen geknüpft worden. Es stand außer Frage, dass sie niemals einen seit langem eingeführten Handel ausspionieren könnten. Nein, nicht diese Naivlinge, die um Wasser, frisches Fleisch und Früchte bitten mussten.

Allen, auch mir selbst, erschienen die Berichte des Fremden eher übertrieben als lehrreich und einsichtig. Ich nahm den herzförmigen Palmwedel und fächelte mich. Ich nickte und lächelte und reichte ein Gericht weiter, machte eine geistreiche Bemerkung und versuchte, erst mit einem, dann mit dem nächsten Gast, das Gespräch in leichtere Bahnen zu lenken. Ich flirtete und lachte unanständig und erfüllte meine Pflicht fehlerlos. Mein Wohltäter blickte zufrieden. Der Duft von Myrrhe und luxuriösen Speisen, der Duft von üppigem Jasmin, der Duft des Wassers, mit dem ich mich gewaschen hatte, das Öl, mit dem ich mich eingerieben hatte, das vielfältig gemischte Aroma der Zivilisation – das war es, was wir hier atmeten. Das war es, was uns die schwüle Stadt bot.

So weit reichte meine Kenntnis vom Krieg.

Dass Frauen der Umgang mit Scheußlichkeiten von Natur aus leichtfällt, ist eine Lüge. Obwohl ich den Tod bereits fest in den Armen gehalten habe, obwohl ich mit meinen eigenen Händen ein von der Nabelschnur erdrosseltes Baby genommen, es wie ein Paket in einen alten, zerrissenen Lappen gewickelt und aus unserer

Sklavinnengebärhütte getragen habe, obwohl ich bereits Kranke im Delirium und das Stöhnen gezüchtigter Sklaven gehört habe, half mir das alles nichts.

Ich verbarg mich in der tiefsten, dunkelsten, abgelegensten Ecke des Baobabs. Diese Schreie, dieses Kriegsgeheul, diese dunkle Flutwelle der Angst über meinem Kopf; diese Angst, die mich wie ein Messer durchfuhr, dieses bestialische Todesgerassel. Ich war in die Enge getrieben; wie ein Felskaninchen zitterte ich vor Todesangst.

Tagelang wagte ich mich nicht hinaus. Dann trieb mich der Gestank der Verwesung ins Freie.

Die wilde Wonne der Hyänen bei Nacht. Ich hatte zu viel Angst, um mir ein Feuer zu machen, weil es für die, die zum Massakrieren gekommen waren, ein Signal hätte sein können. Ich kauerte mich in den Bauch des Baums und verstand den flackernden Gang der Gedanken in meinem Baby, das dem Licht des Lebens die Dunkelheit vorgezogen hatte. Es war eine Ekstase des Niemalsseins. Es war der einzig wahre Sieg: Weder Tod noch Leben hatten Bedeutung. Es war Gleichgewicht. Es war die Vollkommenheit des Nichtseins.

Der Gestank trieb mich hinaus. Der Kampf hatte bis fast zum Baobab hin getobt, sah ich nun; denn in meinem Versteck hatten Nähe und Ferne gleich geklungen, gleich und allgegenwärtig, und ich hatte nicht herausgefunden, aus welcher Richtung die Angreifer gekommen waren.

Zu Beginn der Schlächterei hatte ich einen Blick auf die Angreifer erhascht. Ich war gerade vom Bach aufgebrochen und ging schwingend mit meinem geschwärzten Wassertopf auf dem Kopf und meiner Schöpfkelle, der Straußeneischale, in der Hand – das heißt, ich bildete mir ein, jemanden oder mehrere Menschen zu sehen, die mich beobachteten, und bemerkte angstvoll, während ich ruhig weiterging, dass es Fremde waren, die mich anstarrten, und nicht die kleinen Menschen, deren Spähen, wenn ich es so nennen kann, unvergleichlich taktvoll und eigentlich nie spürbar war. Diese dagegen ... Allzu deutlich fühlte ich Augen auf mir und sah allzu deutlich dunkle Gestalten im hohen Gras verschwinden. Es müssen Späher gewesen sein. Und noch in derselben Nacht. Und länger. Das reinste Glück, dass ich ein Baumversteck besaß. Was sie wohl nicht gesehen und bemerkt haben, denn ich war noch ziemlich weit von ihm entfernt, als es mir bewusst wurde, dass mich jemand unverhohlen beobachtete. Mein von mir selbst ausgetretener Pfad kam mir unerträglich lang vor. Ich behielt den Baum mit einem Auge ständig im Blick. Die Entfernung zwischen mir und ihm wollte nicht schrumpfen, obwohl ich meine Schritte vergrößerte. Es waren Späher da. Es waren andere hier.

Andere überwältigten uns. Wer waren diese anderen? Und woher kamen sie?

Es ist entmutigend, verschont zu bleiben.

An dem Tag, als ich endlich wagte, hinauszugehen, erkannte ich unter den angenagten Leichen die kleinen Menschen. Die anderen waren größer. Ich weiß nicht, wie ich das Grauen verkraften soll.

Was für ein Festmahl es für die Aasfresser gewesen sein muss. Es war zu viel für sie. Das Angebot war übergroß.

Am ungewöhnlichsten war der Anblick eines der anderen oben in einem Baum, über die Äste gestreckt, die

Augenbeeren bereits säuberlich ausgepickt, die Frucht von Mund und Zunge angeknabbert. Verwesung, die Form zum Fließen bringt.

Die Ameisen waren wild geworden. Es war viel zu viel. Sie würden es niemals schaffen, alles auseinanderzunehmen und Faser für Faser in ihre Nahrungslager abzutransportieren, und es wäre ohnehin nicht Raum genug darin. Die Ameisen wimmelten an allen Seiten.

Die Schmeißfliegen schwärmten entzückt über wirren Eingeweiden und bildeten grüne Flecken wie gefährliche Blumen, größer und immer größer wurde die glänzende Blume, bis sich die Scheibe plötzlich in unzählige schwebende Teile auflöste. Diese setzten sich und verklumpten sich zu einer neuen Blume. Sie waren überall.

Die Leichen waren von Schakal, Hyäne, Geier in Stücke gerissen, in alle Richtungen gezerrt und auf neue Weise, wie es ihnen passte, wieder zusammengesetzt worden; aber die Schmeißfliegen schwärmten überall.

Es war nicht möglich festzustellen, wer bei der Schlächterei Sieger geblieben war. Ich konnte so viele Waffen aufsammeln, wie ich wollte, und mir in meinem Baobab ein Arsenal anlegen. Ich konnte ihn mit Eisengegenständen vollpacken, ihn mit Eisen sättigen, ihn von innen mit Eisen verstärken und Speere wie Gitterstäbe in die Öffnung pflanzen.

Ich konnte nicht feststellen, ob es unter den herumliegenden Leichen mehr Angreifer gab als kleine Menschen. Es war so still, abgesehen von dem gewöhnlichen Gesang der Vögel und dem Atmen des Windes und der wie immer unerschütterten Ankunft der Elefanten am späten Nachmittag, dem sachkundigen Eintauchen ihrer Rüssel in einer Reihe ins Wasser, ihrem gemächlichen Baden, Sandwerfen und ihrem gelassenen Rückzug mit der ältesten Elefantenkuh an der Spitze, nachdem alles, was sie vollbringen wollten, vollbracht war. Ich grüßte sie.

Zuallererst holte ich mir eine Ladung Holz. Denn jetzt wollte ich ein riesiges Feuer machen. Denn es war mir vollkommen gleichgültig, ob ich gesehen würde und von wem. Denn selbst wenn das hohe Gras noch einmal so viele Angreifer hervorbringen sollte, es war mir gleich. Lass den Tod kommen, lass den Todesstoß niederfallen. Denn nichts war mehr von Bedeutung. Denn es war das Ende.

Auf dem Rückweg, das lange Holzbündel auf dem Kopf, hörte ich ein Stöhnen oder bildete mir ein, es zu hören. Oder bildete ich es mir nicht ein? Ich lauschte angestrengt und hörte nichts mehr. Ich konzentrierte mich, drehte den Kopf sorgsam aus dem Wind, um das Geräusch aufzufangen, und hörte nichts. Blieb lange am selben Fleck stehen, ging dann weiter und setzte das Holz vor der Öffnung ab. Aber ich wusste, ich musste gehen und das Stöhnen aufspüren. Ich musste es aufspüren.

Das Wissenwollen trieb mich voran. Ich untersuchte sorgfältig sämtliche menschlichen Überreste und zwang mich, es systematisch zu tun, systematisch genau hinzusehen und nach dem geringsten Lebenszeichen Ausschau zu halten. Ich suchte und suchte. Ich vergaß den Gestank, die Fliegen, die Geier, die das Schauspiel von den Bäumen verfolgten, und den grauenhaften Anblick zerstörter Menschen und suchte immer von neuem den Umkreis des Baums ab, so weit, wie irgendetwas zu sehen war, das einem menschlichen Gesicht, einem menschlichen Überrest glich, und ich gelangte an einen Ameisenhaufen und hörte von neuem ein Stöhnen. Nun suchte ich fieberhaft überall, weiter weg und wieder näher. Ein Turako rief, aber ich war überzeugt, dass ich das Stöhnen eines menschlichen Wesens gehört hatte. Es war denkbar schwach, gerade eben hörbar, gerade eben. Wenn ich es nur noch einmal hören könnte. Die Entfernung täuscht.

Ich kehrte zu dem Baum zurück und zog einen Stock aus dem Bündel Holz. Damit suchte ich nun die Umgebung des Ameisenhaufens ab, stocherte in dem verfilzten Gras und dem dichten Bodenbelag; aber was glaubte ich eigentlich zu tun? War mein Sinn für Größenverhältnisse völlig gestört, dass ich mir einbildete, was ich suchte, wäre auf die Größe eines Zwergs, auf Fötusgröße geschrumpft? War es das, wonach ich suchte? Warum wühlte ich mit einem Stock herum? Ich suchte nach einem Stöhnen, einem körperlosen Stöhnen. Ein Stöhnen hatte sich hierher verirrt. Das war es, wonach ich suchte. Ein Stöhnen war in der Luft erklungen, und ich wollte es für mich.

Jetzt fing ich an zu lachen. Halb war es Schluchzen, halb Lachen, was mir aus der Kehle stieg. Es kam aus meinem Innern wie ein Ächzen. Ich zwang es wie Klumpen aus mir heraus, einen nach dem andern, und als alles draußen war, kam es mir vor, als hätte ich mich erbrochen. Ich kehrte mit meinem Stock zum Baobab zurück.

Ich machte Feuer. Funke, Flamme. Feuer. Es loderte hoch auf, denn ich warf immer mehr Holz hinein; ich überlegte sogar, ob ich noch mehr holen und ein gewaltiges Feuer in Gang halten sollte, das den Geruch von toten Menschen durch den angenehmeren Geruch von Pflanzenasche vertreiben sollte, und gleichzeitig wollte ich durch das Feuer meine verwaiste Gegenwart kundtun. Soll es ruhig zu sehen sein, dass ich bin. Sollen Specht und Klopfkäfer es sehen, sollen die Leoparden sich von mir fernhalten, sollen Kudu und Ducker das Feuer wittern und fernbleiben, soll, was noch an Menschen übrig ist, es sehen und sich entscheiden. Macht mit mir, was ihr wollt. In göttlicher Ohnmacht ging ich zwischen euren Kadavern umher und erreichte nichts, ich, der im Schutz eines Baums nichts geschah, ich, die ich nicht von hier stamme, nicht hierhergehöre und nicht wünsche, hier zu sein. Ich habe euer Kriegsgeschrei gehört, euer Kinderwimmern, eure letzten Laute, und ich bin ruhig in meinem Versteck geblieben und erst, als alles vorüber war, aus meinem Baobab getreten. Hatten mich Augen gesehen?

Hatten sie mich bei dem, was ich sah, erschauern sehen?

Wenn es noch mehr von euch gibt, klein oder groß, hell oder dunkel – kommt.

Nach und nach fand ich wieder ins Leben zurück. Es ist wieder Winter. Einen Sommer, einen Winter, einen Sommer und einen Winter hab ich hier verbracht. Ein harter Winter jetzt, wo ich wieder auf mich allein gestellt bin und nur den Wind und jetzt zusätzlich die Geister zur Gesellschaft habe. Weiße Knochen rings um den Baum. Der Baobab greift und krallt sich in den Himmel. Das Gras steht bleich und steif. Eine Aloe saugt das Blut aus der Erde und trägt es protzig in einer Dolde aus roten Köpfen, die sich prachtvoll gegen den klaren blauen Himmel abheben und nur allzu anziehend für die Honigfresser sind. Weiße Schädel rings um den Baum. Nach und nach bringt der Wind Staub herbei, um die Kopf- und Beckenhöhlen zu füllen.

Ich muss neue Pfade schaffen, wo Skelette mit ihren Rippen mir den Weg verstellen. Ich kann gut ohne die Gesellschaft von Hyäne und Geier leben.

Nach und nach wieder ins Leben zurück.

Es ist lange her, seit ich Paviane bemerkt habe. Warzenschweine mit aufrechtstehenden Schwänzen oft.

In Wahrheit nach und nach immer langsamer, so, als sollte ich zum Stillstand kommen. Mein Territorium verengt sich in dem Maße, wie meine Kräfte abnehmen. Die Erniedrigung, dass ich nicht für mich sorgen kann. Obwohl ich weiß, was ich essen kann, weiß ich nicht, wie und wo ich danach suchen soll; ich wandere ziellos umher wie ganz am Anfang, jetzt allerdings hoffnungslos. Wozu eigentlich Aufregung? Wozu eiserne Konzentration? Ich lasse den Dingen ihren Lauf. An manchen Tagen finde ich etwas, an anderen nichts. Es spielt keine Rolle.

Ich habe immer noch den Balsam des Baches hinter einem Gitterwerk von Lianen, seine murmelnde Erfrischung, die Kühle, die er verbreitet, und ich habe immer noch die Samangos, die ihr Missfallen über mein Eindringen mit komischem Knurren kundtun. Trotz allem ist mir hier etwas vertraut. Es geschah einfach so.

Der lärmende Bach und dann der Fluss, in den er ruhig und schüchtern mündet. Der Fluss fließt dahin, wo Sonne und Mond aufgehen, wohin ich einst zu reisen begann, zum Meer bei der Stadt, von der wir aufbrachen, auf der Suche nach jener anderen Stadt am Meer, am anderen Rand der Welt.

Ich sehne mich nach nichts mehr.

Einmal, erst einmal bisher, habe ich den Schmerz der Erwartung von neuem erlitten, als ich in der Ferne ein Feuer sah, das sich zum Veldfeuer entwickelte, in Windeseile über den Horizont segelte und ihn allmählich auffraß. Feuerschlange, wünschte ich allen Ernstes, segle bis zu mir und verschlinge auch mich. Es brannte in großer Entfernung weiter, und der Rauch hielt sich wie ein Leichentuch in der Luft, lange nachdem die Flammen erloschen waren. Der Geruch drang bis zu mir, und ich bemerkte Rußflecken auf der Rinde des Baums.

Würde, wer auch immer für diese Zerstörung verantwortlich war, meine nächtlichen Feuer zur Kenntnis nehmen?

Meine Antwort ist das Gift, das eines Tages für mich hingestellt wurde, als ich meinen gewöhnlichen Gang zum Wasserholen machte. Irgendjemand weiß nun von mir. Irgendjemand hat immer von mir gewusst. Aber wer? Hier kann ich ein nettes kleines Spiel mit meinen goldenen Nägeln spielen. Ich kann sie abzählen und einfach akzeptieren, was sie sagen. Warum nicht? Ich zähle sie gemäß dem Reim. Letztlich nützliche kleine Nägel, die zusammengefügt haben, was vergangen und rätselhaft für mich war, kostbare kleine Zeichen eines entschwindenden Sinns. Jetzt helft ihr mir, meine letzten Augenblicke unterhaltsam zu gestalten.

Gut. Ich habe ausgezählt und sieh, das Ergebnis ist, dass ich nicht vergessen wurde, wie ich es auch die ganze Zeit über vermutet hatte. Ich will dankbar sein, dass meine Vermutung mit dem Zufall übereinstimmt. Ich zögere nicht länger. Ich werfe die Nägel mutwillig in die Luft. Sollen sie fallen, wohin sie wollen, und liegen bleiben und niemals rosten. Ich war wirklich Geliebte, Mutter und Göttin. Genug, um jemanden zum Lachen zu bringen.

Ich stehe vor dem Spalt und halte mit ausgestrecktem Arm die letzte Gabe hoch, damit es gesehen wird. Dann verschwinde ich in das dunkle Innere.

Baobab, du Gnädiger. Mein Baobab.

Ich gieße mein Leben hinunter. Schnell, Wassergeist. Lass deinen Boten seine Aufgabe rasch erfüllen.

Ja.

Wie ein Vogel einen Zweig verlässt. Frucht fällt. Eine Fledermaus, schwarz und suchend.

Ich tauche in dunkles Wasser ein und rudere mit meinen Schwingen zur gegenüberliegenden Seite, wo ich mir in der anbrechenden Stille nicht mehr zu helfen weiß und betäubt immer weiterfliege. Im Kopfüber werde ich Ruhe finden. Ich falte meine Flügel.

André Brink

Gedankenreisen

Eine Einführung in das Werk von Wilma Stockenström

1

In Südafrika wurde Wilma Stockenström (geboren 1933 in einem Dorf unweit der Südküste des Kaps) zuerst als Schauspielerin bekannt, als meisterhafte Charakterdarstellerin, deren Repertoire von Tschechow bis zu einheimischen Theaterstücken reichte. Ihre ersten schriftstellerischen Versuche fanden daher im Medium Drama statt, wenn auch nur eines ihrer Stücke bisher publiziert worden ist: *Laaste middagmaal* (*Last lunch*, geschrieben 1966, erschienen 1978). Sie beschreibt darin eine Familienfehde, ausgelöst durch den berüchtigten *Immorality Act*, den ›Akt der Unmoral‹ (einer der Brüder aus einer streng matriarchalischen Familie heiratet eine Schwarze, lässt sich in Swasiland nieder und erpresst seine Geschwister, die allein daran interessiert sind, ihr Ansehen als Weiße zu wahren). Das Stück ist Wilma Stockenströms eindeutigste politische Aussage gegen das Apartheidregime in Südafrika, das die Rassentrennung nicht nur gewaltsam durchsetzt, sondern dabei auch die Gedanken erstickt und die schöpferischen Kräfte lähmt.

In ihren Gedichten erforscht Wilma Stockenström ihre Welt auf unendlich subtilere, komplexere und raffiniertere Weise. Mit nur vier Büchern (*Vir die bysiende leser: For the myopic reader*, 1970; *Spieël van water: Mirror of water*, 1973; und *Van vergetelheid en van glans: Of forgetfulness and of lustre*, 1977; *Monsterverse: Monster poems*, 1984) hat sie sich durchgesetzt und gehört heute zu den bedeutendsten Autoren im Sprachgebiet des Afrikaans. Sie will die unter Oberflächen und Spiegelungen liegenden tieferen und beunruhigenderen Wahrheiten aufspüren. Die Vergänglichkeit des Augenblicks stellt sie in den Zusammenhang von Geschichte und Ewigkeit, was ihrem Werk eine metaphysische Dimension verleiht: Die Gegenwart wird stets im Licht eines archäologischen und mythologischen Zeitempfindens beurteilt; Illusionen werden entlarvt oder ihres Scheins beraubt; die Politik zeigt sich als trügerische und überschätzte Strategie, hinter der die großen Bedürfnisse und Ängste und Glücksgefühle des Menschen, sowohl in ihren individuellen wie kollektiven Ausdrucksformen, verborgen liegen.

Ihre Lyrik ist geprägt von einer nüchternen, bitteren Ironie, einer unsentimentalen Brillanz, die die zahlreichen diamantenen Facetten ihres Denkens widerspiegelt.

2

Erst verhältnismäßig spät wandte sich Wilma Stockenström der Prosa zu: Der Roman *Uitdraai* (*Turnoff*) erschien 1976 – er behandelt den Konflikt zwischen einer von traditionellen Werten beherrschten Gesellschaft und einer jungen Frau, die es wagt, sich der Gemeinschaft zu widersetzen –, 1979 folgte die Kurzgeschichte *Eers Linkie dan Johanna* (*First Linkie then Johanna*). Zwei Erzähler geben einen bestürzenden Einblick in das Leben eines anderen Außenseiters (des dicken Musikers Linkie) im Streit mit sich und der Welt. Mit lobenswertem Understatement und subtiler Sprachbeherrschung werden Gewalt und Intoleranz aufgedeckt, von der die menschliche Gesellschaft im Allgemeinen und die südafrikanische Gesellschaft im Besonderen durchdrungen ist.

Viele von Wilma Stockenströms früheren Themen kehren in verfeinerter und komplexerer Form in dem Werk wieder, das als ihr bisher bestes gilt: *Die kremetartekspedisie* (1981), in England 1983 unter dem Titel *The expedition to the baobab tree* (übersetzt von J. M. Coetzee) erschienen.

Wie in vielen anderen ihrer Werke ist auch in dieser Erzählung Afrika allgegenwärtig: Seine Gerüche und sein unerbittlich klares Licht, seine Kultur und Geschichte und Mythologie, die Grausamkeit und der Glanz und die Großmütigkeit, seine dunklen und zeitlosen Rhythmen.

Vor diesem Hintergrund hören wir die Stimme der Erzählerin: Eine alte Sklavin hat sich nach einem von Erfahrung, Demütigungen und eigentümlichen Siegen geprägten Leben aus der Welt der Menschen zurückgezogen (ihr einziger menschlicher Kontakt sind die »kleinen Menschen«, die man mit den »sān« – den »Buschmännern« – des Subkontinents gleichsetzen kann), um den Rest ihrer Tage in dem hohlen Stamm eines Baobabs, dem Symbol des ewigen Lebens, zu verbringen. So ist der »baobab« im Titel der englischen Ausgabe ein Sinnbild für das Ende ihrer vielen Reisen durch die Welt: Als junges Mädchen gefangengenommen und als Sklavin an der – wie es scheint – Ostküste Afrikas verkauft, von ihrem ersten Besitzer (der allein daran interessiert ist, sie zu entjungfern) an einen zweiten, groben Herrn weitergereicht und von diesem schließlich an einen dritten, ihren »Wohltäter«, einen Sensualisten und Ästheten; nach dessen Tod seinem jüngeren Sohn vermacht, wird sie jedoch – auf ihre eigene Bitte hin – von einem unbekannten schönen Fremden gekauft, der sie auf eine endlose Reise mitnimmt, zurück in den Westen, wo sie ursprünglich herkam, hin zu der legendären Stadt Vigiti Magna, der Hauptstadt von Monomotapa. Nach dem Tod dieses Mannes flieht sie und versteckt sich in jenem Baum tief in der Wildnis, wo sie von den »kleinen Menschen« als übernatürliches Wesen verehrt wird, dem diese schließlich eine mit Gift gefüllte Kalebasse darbieten. Freiwillig trinkt sie, um allem ein Ende zu setzen.

Bedeutet der Baobab das Ende ihrer Wanderungen, so ist er – auf einer anderen Ebene – der Beginn einer packenden Folge von neuen »Reisen ins Innere«. Denn dieser hohle Stamm, ihr letztes Zuhause, ist der Ausgangspunkt ihrer Gedankenreisen. Indem sie die eigene Geschichte mit der allgemeinen Geschichte verknüpft, lässt sie nicht nur ihr

Leben nochmals vorbeiziehen, sondern denkt auch nach über Leben und Tod und Liebe und Zeit. Ihre Gedanken, die wie Wasser über die ausgetrocknete Erde rieseln (sie identifiziert sich ständig mit dem Wasser; eigentlich verkörpert sie Aquarius), lassen neue Ebenen des Verstehens über sich selbst und damit über das Menschsein entstehen, über das Leben.

Während ihre erste, ihre physische Reise – obwohl im Zickzack – linear war, kreisen diese neuen Reisen, immer ausgedehnter suchend, um ihren Aufenthaltsort. Zutreffender wäre es vielleicht, diese Reisen mit einer Spirale zu vergleichen, die sich unerbittlich nach innen dreht, hin zum schwer fassbaren Ich.

Anfänglich beschreibt sie sich selbst als »ein Wesen, das zu jemand anderem gehörte« (S. 59): Da sie kein eigenes inneres Selbst besitzt, wird ihre Identität von jenen bestimmt, die sie besitzen: alles Herren, alles Männer. Endlich befreit von der Gesellschaft und den Männern, kann die Suche nach dem eigenen Ich wirklich beginnen. Am Anfang ihrer Reise in den Westen stellt sie fest: »Deshalb brachen wir zu den Grenzen des Verstandes auf.« (S. 79) In dem Augenblick, in dem sie zu erzählen beginnt, wird es eine Reise in die Sprache, und der Akt des Erzählens ihrer Geschichte wird selbst zur Schöpfung einer Welt voller Bedeutung.

In diesem Prozess werden Chronologie und Linearität überflüssig: Sie benennt die Dinge der Welt (»Ich sage laut den Namen des Baums, die Namen von Wasser, Luft, Feuer, Wind, Erde, Mond und Sonne, und alle bedeuten, was sie heißen.« S. 85) und erfährt damit eine seltsame Gleichzeitigkeit: »Alles, was je in meinem Leben gewesen ist, ist immer gleichzeitig gegenwärtig, und die Ereignisse wollen nicht ordentlich hintereinander in einer Reihe stehen.« (S. 86) Es ist ein Vorgang, der sowohl Proust als auch Bergson vertraut gewesen wäre: die wahre Beziehung zwischen Dingen und Ereignissen zu entdecken, befreit von den Zwängen der reinen Chronologie. Sie kann buchstäblich Momente aus ihrer Vergangenheit beeinflussen, indem sie Zeichen aus dieser Vergangenheit einsetzt (Tonscherben, Nägel, Perlen ...): Die

Zeit ist in räumliche Objekte übertragen worden, so wie der Baum mit all seinen Zeiten und seiner Zeitlosigkeit ein Objekt in einer Landschaft ist.

Schließlich ist die Erzählung, deutet man sie zu Ende, eine Studie über den Unterschied zwischen »Haben« und »Sein«: Alles, was wir haben, kann uns genommen werden, bis nur noch die »Essenz« bleibt. Aber diese »Essenz« lässt sich nicht einordnen. Sie existiert nicht in der Form eines Steins oder Kerns im Innern einer Frucht, sie ist vielmehr zu vergleichen mit der Leere, in der man zurückbleibt, wenn alle Schichten einer Zwiebel weggeschält worden sind. Ihre »Essenz« ist das Wasser, eine Bewegung, ein Fließen, ein Rieseln, kein »Ding«. Und diese Bewegung ist identisch mit der Sprache, in der sie ihre Geschichte erzählt: eine Sprache, die den Leser zu dem Punkt führt, an dem das Ende genau mit dem Tod der Erzählerin zusammenfällt: das Schweigen, das die Sprachregeln umgibt.

Es ist vielleicht die Art, wie die Erzählung durch die »weibliche« – und »afrikanische« – Erfahrung bestimmt ist, dass sie so eindrucksvoll ist. Es ist das Buch einer Poetin – vorausgesetzt, dass wir Poesie nicht als bloße Ausschmückung oder Dekoration verstehen, sondern als ganz eigene Spracherfahrung: lyrisch, dramatisch, episch zugleich –, doch es ist Poesie, die entstehen konnte aus der Erfahrung, eine Frau zu sein und um Unterdrückung und Leiden zu wissen, und um die schreckliche Herrlichkeit des Ursprungs.

Auch wenn sich die Erzählung wirklich weder offenkundig noch unmittelbar mit dem heutigen Südafrika beschäftigt, so kenne ich nur wenige andere zeitgenössische Romane, in denen genau die »Südafrika-Frage« von heute so beunruhigend, ergreifend und unvergesslich beleuchtet wird.

November 1986

Das Nachwort wurde von Regina Lienhard übersetzt.

Oktav*hefte*[8] bei Wagenbach*

Jiří Weil Mendelssohn auf dem Dach *Roman*
Was komisch beginnt, wird bald ein großes, immer dunkleres und beklemmenderes Bild Prags und seiner Bewohner unter der deutschen Besatzung. Der große vergessene Roman eines der wichtigsten tschechischen Autoren des 20. Jahrhunderts.
Aus dem Tschechischen von Eckhard Thiele. 288 Seiten

Panait Istrati Kyra Kyralina *Roman*
Voller orientalischer Fabulierlust verleiht der Rumäne Panait Istrati in seinem Hauptwerk den kleinen Leuten seiner Zeit auf dem Balkan und im Nahen Osten seine kraftvolle Stimme.
Aus dem Rumänischen von Oskar Pastior
Mit einem Nachwort von Mircea Cărtărescu. 160 Seiten

Moische Kulbak Der Messias vom Stamme Efraim
Roman
Moische Kulbaks eigenwilliger Kurzroman von 1924 erinnert an vieles: an verrückte, hochfliegende expressionistische Sprachbilder, an die chassidische Erlösererwartung und die kabbalistische Mystik.
Aus dem Jiddischen und mit einem Nachwort von Andrej Jendrusch
144 Seiten

*Oktav*hefte*[8]: Vergessene sowie nie oder neu übersetzte moderne Klassiker in feiner Ausstattung. Elegante Klappenbroschur mit hochwertigem Karton, schönem Papier sowie farbig bedrucktem Umschlag und Textteil. Sie halten die klassische Kunst des Büchermachens hoch: Kunst im Dienst des Inhalts, aber kein Kunstgewerbe.

Oktav*hefte*[8] bei Wagenbach

Denton Welch Freuden der Jugend *Roman*

Sommerferien an der Themse können eine Erfüllung sein, wenn man sein Internat hasst und eine Obsession für verwilderte Gärten, Antiquitätenläden und Pfirsich-Melba hat. So wie der sensible Orvil Pym mit seinem Freiheitsdrang und seiner Liebe zu ungewöhnlichen Spaziergängen.

Mit einer Empfehlung von Edith Sitwell und einem Nachwort von William S. Burroughs. Aus dem Englischen von Carl Weissner. 288 Seiten

Sara Gallardo Eisejuaz *Roman*

Ein bisher unentdecktes Meisterwerk der argentinischen Literatur, in kongenialer Übersetzung: Eisejuaz, der Sohn des Kaziken, ist bärenstark, kann Lahme versorgen und mit Eidechsen sprechen. Doch hinter der vordergründigen Magie verbirgt sich die Frage, was der Glaube bewirken kann.

Aus dem argentinischen Spanisch und mit einem Nachwort von Peter Kultzen. 160 Seiten

José María Arguedas Der Fuchs von oben und der Fuchs von unten *Roman*

Am Ende ist der Autor tot. Das letzte Buch von José María Arguedas ist ein einzigartiger, existenzieller Roman des Abschieds: von einer geliebten Landschaft, von einer verschwindenden Kultur – und vom Leben selbst.

Aus dem peruanischen Spanisch von Matthias Strobel
Mit einem Nachwort von Marco Thomas Bosshard. 320 Seiten

Oktav*hefte*[8] bei Wagenbach

Boris Vian Die Gischt der Tage *Roman*

Chloé liebt Colin, Colin liebt Chloé. Und doch überleben die beiden ihr eigenes Glück nicht. Ein Klassiker von fantastischer Poesie, eine Geschichte über Liebe und Tod, ein Buch, das selbst längst unsterblich ist und sich in dieser wunderbaren Neuübersetzung liest wie ganz neu erfunden.

Aus dem Französischen neu übersetzt
und mit einem Nachwort von Frank Heibert. 232 Seiten

Johannes Bobrowski Levins Mühle
34 Sätze über meinen Großvater *Roman*

Johannes Bobrowski gehört mit seiner Prosa in die Reihe der großen »ostdeutschen« Autoren wie Günter Grass, Hermann Lenz und Uwe Johnson. Sein wirkungsmächtiger Roman »Levins Mühle« (damals lektoriert von Klaus Wagenbach) lässt sich hier in feiner Ausstattung wiederentdecken.

Mit einem Nachwort von Klaus Wagenbach
232 Seiten

Roberto Arlt Die sieben Irren *Roman*

Grell und grotesk wie ein Gemälde von George Grosz und wuchtig wie ein Kinnhaken: Roberto Arlts eindrucksvolles Porträt revolutionärer Gewalt und des politischen Wahns der 20er Jahre – in einer sorgfältig neu bearbeiteten Übersetzung.

Mit einem Nachwort von Ricardo Piglia
Aus dem argentinischen Spanisch von Bruno Keller,
neu bearbeitet von Carsten Regling. 320 Seiten

Dieses Buch wurde unter dem Titel *The Expedition to the Baobab tree* 1983 in der Übersetzung von J. M. Coetzee aus dem Afrikaans ins Englische erstmalig bei Faber & Faber, London, veröffentlicht und 2019 neu herausgegeben. Die Originalausgabe *Die Kremetartekspedisie* (1981) erschien zuletzt 2008 bei Human & Rousseau, einem Imprint von NB Publishers, in Kapstadt. Die deutsche Erstausgabe wurde unter dem Titel *Denn der siebte Sinn ist der Schlaf* 1987 im Arche Verlag in Zürich publiziert.

Umschlaggestaltung und Satz aus der Scala: Julie August
Broschurenkarton von peyer graphic GmbH, Leonberg
Gedruckt auf Schleipen und gebunden bei Pustet, Regensburg
Printed in Germany.

ISBN: 978 3 8031 3322 9